눈길

차 례

춤바람 … 5

만학 … 37

눈길 … 77

평생 친구 … 123

뒷모습 … 153

춤바람

바람은 마법으로 인간을 깨우는 신의 선물이다. 그 바람은 훈풍으로 오기도 하고 매섭게 단련시키는 꽃샘이 되기도 한다. 마법의 바람은 끝날 때까지 끝나지 않아 노을에 색칠하듯 다채로운 색감으로 바람의 연대기를 쓰게 한다. 나에게 온 첫 번째 마법은 춤바람으로 시작되었다.

 카바레 문을 열고 들어서는 순간부터 반갑게 맞이하는 밴드 음악 소리는 마치 "쌍쌍파티에 오신 손님을 환영합니다"라고 말하는 것처럼 마음을 설레게 한다. 호화찬란한 불빛 사이로 빙글빙글 돌아가며 춤을 추는 사람들, 벌써 빈공간 없이 자리에 앉아있는 여자와 남자들. 그곳에 나미와 나는 비좁은 틈새 자리를 잡고 앉았다.

밤 9시에서 11시. 단 두 시간 동안만 정해져 있는 카바레 안의 오늘 밤. 어떤 사람과 호흡을 맞춰 바람을 일으킬까 하는 기대감으로 가슴을 콩닥거리며 기다리는 시간이다.

매일 카바레에 출근한다 해도 춤의 목마름은 해소되지 않는다. 춤의 세계는 맞춤형 파트너 같은 춤꾼을 만나는 것도 중요하지만 음악 속 주인공이 되어 나 홀로 즐기며 춤을 추는 순간도 좋은 것이다. 그러나 쾌락의 순간은 짧아서 춤에 목마른 사람들은 춤의 허기를 채우기 위해 밤마다 동부시장 2층 카바레 안의 음악 소리에 빠져든다. 3일에 한 번씩 정해진 날 도둑고양이처럼 남의 눈길을 의식하며 두근거리는 가슴으로 포남동 골목을 지나 카바레 문을 열고 들어가는 나도 나미도 그런 마음이다. 남자와 여자가 하나 되어 만들어가는 춤사위는 남에게 보여주는 것도 중요하지만 스스로 만족을 찾아가는 행위다. 춤의 열기를 더해주는 드럼의 리듬과 감성을 깨우는 색소폰 소리는 인간의 감정을 부추겨 춤으로 표현하고 발산하게 한다.

나미는 훤칠한 키에 맞게 얼굴이 작고 눈이 커 사람들의 시선을 받는다. 오늘 밤 그녀의 옷차림은 붉은색 블라우스와 긴 검정 치마, 그리고 치마 위로 길게 내려트린 천 조각의 악세서리가 붉은색 블라우스와 어울려 긴 다리를 돋보이게 한다. 그녀가 신고 있는 굽 높은 하이힐은 그녀의 화려함을 증명해줄 결정타다. 오늘 밤도 그녀는 춤으로 남성들의 시선을 독점하리라.

앉아서 기다리는 시간이 지루해질 즈음 한 남자가 용기 있게 다가온다. 그는 이미 눈으로 정해놓은 여인에게 자신의 손을 잡고 일어서 주기를 기대한다. 그녀가 손을 잡고 일어서 주면 파트너가 되어 그와 그녀는 음악의 마력과 춤사위에 전념하고, 헤어져 집에 가서도 밤잠을 설칠 정도로 춤사위를 회상하게 된다.

 어떤 용기 있는 남자의 손이 다가와 나미에게 춤추기를 청한다. 손을 잡을까 말까 망설이는 나미는 남자들의 신상을 거의 알고 있는 카바레의 마돈나다. 나미의 옷차림과 외모에 기가 죽어 선뜻 다가서는 남자가 없었는데 춤추기를 청하는 이 남자의 용기는 나미에게 일종의 호기심을 불러일으켰다. 기다림의 시간도 어느 정도 지났고 남자의 인상이 좋아 춤에 자신 있는 사람일 거라는 느낌이 왔다. 이미 무르익어 있는 조명을 받으며 남자와 나미는 마주 섰다. 남자는 나미에게 손을 잡아준 것에 답례로 고개를 숙였다. 현란한 불빛과 밴드 음악은 그들의 춤사위를 부추긴다. 카바레 안의 분위기를 극대화하는 지르박 댄스 음악은 쌍쌍이 돌아가는 사람들을 불나방으로 만든다.

 춤을 추는 사람은 기본적으로 춤을 예우해야 한다. 마주 선 상대와 흐트러짐 없이 상대와의 거리를 유지하고 상대의 어깨에 손을 얹을 때도 가볍게 하여 자극하지 않는다. 쌍쌍 춤에 취해 돌아가고 있지만 나미의 출현은 그들 눈의 동공을 흐트려 놓는다. 그녀는 좀 더 우아하고 부드럽게 힘을 빼고 상대에게 부담이 없도록 유도한다. 춤추는 나미의 모습은 그래서 멋스럽다. 다가서는 손길을 예의 바르게 거절할 줄 아는 용기와 겸손함의 매너는 인기만큼 유명한 그녀의 대명사다. 음악에 심취하여 추는 춤사위는 자칫 실수도 있을 수 있지만 춤을 자기 것으로 만들어 놓은 카바레의 하룻밤은 멋진 상대와 부담 없이 춤을 즐기고 돌아서는 시간을 더 중시한다.

나미는 남자의 리드가 예사롭지 않은 것에 만족을 느끼며 춤을 추고 있었다. 남자가 속삭인다.

"당신은 소문대로 춤사위가 아름답군요."

나미와 춤을 추는 남자들이 하던 그 말을 이 남자도 하고 있다. 현란하게 돌리는 지르박 음악이 끝나고 블루스 음악으로 분위기를 조절한다. 나미는 오랜만에 지르박 춤을 가볍게 리드해 준 남자에 대한 예의로 이어지는 음악에도 함께했다. 나미가 손을 놓을까 내심 불안했던 남자는 이어지는 블루스 음악에 동조하여 함께 춤을 춰주는 것에 용기를 내어 또다시 말을 걸어왔다. 하지만 나미의 귀는 팔랑귀가 아니다. 남자들로부터 무슨 말인들 못 들었겠는가. 그 남자의 매너가 마음에는 들었지만 계속 이어가려는 대화에 쉽게 동참하지는 않고 미소만 흘렸다. 카바레의 여왕이라는 명성은 모든 것에 품위를 보여주었기 때문에 가능한 것이다. 남자의 손을 거절하는 것도 기분 상하지 않게 미소를 지어 상대의 기분을 존중하며 상대에게 예의를 다한다.

지르박 춤은 가벼운 발놀림으로도 신바람을 일으켜 관광버스에서도 출 수 있는 빠른 스텝이다. 긴 시간 여행할 때 지루하지 않게 자신의 매력을 마음껏 발휘할 수 있는 신나는 곡으로 모든 사람의 스트레스를 풀어주고 화합의 장을 만들어 계속 춤추고 싶어지는 음악이다.

블루스나 탱고의 멜로디는 춤에 심취하여 자신이 그 음악 속의 여인인 것처럼 춤을 연출하고 주인공이 된다. 자신과 파트너가 춤으로 꽃이 되고 나비가 되는 착각 속에 최고의 아름다움을 연출한다는 자부심이 있을 뿐 그 이상의 의미는 없다. 하나, 둘, 셋, 넷. 6박자 8박자로 모든 춤이 그 속에 있다. 블루스 춤은 힙을 팽팽하게 하고 다리를 길게 움직여 춤의 여유로움과 멋을 표현한다. 탱고는 사람 사이사이를 돌아도 상대에게 피해를 주지 않는 박자와 춤의 질서가 현란하면서도 자신을 표현하여 멋스러움을 보여줄 수 있는 춤이다.

 지르박, 블루스, 탱고, 왈츠로 이어지는 춤의 세계에는 여자와 남자가 있다. 관능이 있으니, 부정함도 있고 고약한 소문들도 있다. 인간에게 주어진 윤리, 예의니 하는 것도 인간이 만들어 놓은 것이다. 그 틀에서 벗어나 있다고 모두가 윤리나 예의를 저버렸다고 생각지는 않는다. 인간은 생각하고 행동하는 동물이다. 행동의 어느 한 부분만 보고 인간의 도리에 어긋났다고, 도리를 저버렸다고 단정지어 말할 수는 없다. 윤리와 도리의 테두리 안에서 있으면서도 인간은 무언가에 가슴을 태워야 살아갈 수 있는 존재다. 태워야 할 상대를 만나는 것도 쉬운 일이 아니다. 춤은 그래서 더욱 어렵다. 낯선 남자, 낯선 여자와 상대하기 때문이다. 남자와 여자가 말을 섞고 서로 손을 잡는 행위는 윤리에 어긋나는 부정이 있을 수 있다. 그럼에도 춤으로 보는 최고의 칭찬은 인간이 꽃보다 아름답다는 결론이다.

 카바레 안에서 여자는 리더로서의 자질이 부족한 남자를 만나면 가차 없이 손을 놓고 자리에 돌아와 앉는다. 여자에게 그런 수모를 겪은 사내는 얼굴에 철판을 깔지 않고서는 춤 세계에 다시 발붙이기 어렵다.

누구의 남편이고, 어떤 일을 하고는 카바레 안에서는 통하지 않는다. 오직 춤으로 사람을 평가한다. 카바레 안의 신사는 그래서 더욱 매너가 몸에 배어 있어야 한다. 넘치지도 모자라지도 않은 매너를 지킨 남자가 오늘을 내일로 카바레의 밤을 이어갈 수 있다. 파트너가 된 여자와 남자는 그 밤이 춤바람을 일으킬 수 있는 최고의 밤이 되길 기대한다. 그 외 다른 생각은 존재할 수 없다.

 살아가는데 행복한 순간은 수없이 많이 있다. 나이 들어감에 따라 개인의 행복을 위한 도전과 열정을 발휘할 수 있는 시간은 더욱 특별해진다. 젊은 날엔 누구든 앞만 보고 살게 된다. 그러다 삶에 여유가 생기게 되면 굳어 있던 근육을 풀어주고 생기있는 놀이에 도전하게 된다. 그것이 인생을 생동감 넘치게 해주는 춤바람이 아니겠는가. 춤사위도 완벽하게 이루어졌을 때 오래 희열할 수 있는 행복이 있다.

 자신의 열정도 시험할 그 어떤 시도도 해보지 않은 채 나쁜 마음으로 소문을 내고, 속으로 부러워하면서도 미리부터 단정 지어 놓고 멀리하는 사람은 인생의 모든 면을 다 겪었다고 말할 수 없다. 춤바람은 잘 사용하다 놓아주면 지나가는 바람 중 하나일 뿐이다. 춤이란 추면 출수록 춤에 목이 말라 허기를 채울 수 없는 날도 있지만 그 어떤 것도 영원할 수 없기에 인간은 또 다른 무엇에 열정을 쏟게 된다. 빛에 반응하는 스펙트럼처럼 우리 삶에 열정과 욕망은 다채로운 것이니까.

 셋방살이하던 시절의 일이다. 주인집 남정네가 춤바람을 일으킨다고 그의 부인이 화를 내며 따져 묻자 벌건 대낮에 부인을 집 밖으로 쫓아내는 것을 보았다. 주인집 여자는 아이넷을 키우며 알뜰하게 살아가며, 남편에게는 용을 쓸 줄 모르고 살고 있는 순하디 순한 가정주부였다. 참고 참아왔지만, 가정이 박살나면 애들은 어쩌나 하는 극단적인 생각들이 밤을 꼬박 새우게 했다. 아침 일찍 아이들 넷을 학교에 보내고 드잡이를 시작했다. 남편을 이겨 본 적이 없는 터라 택도 없는 싸움이 될 것을 알면서도 시작한 것이 셋방 살고 있는 젊은 엄마에게 창피한 모습을 보이는 꼴이 되었다. 매일 밤 춤에 미쳐서 늦어지는 남편을 모르면 몰라도 알고 있는 이상 사생결단으로라도 그 바람을 잡아보려다 되려 자신의 몸이 문지방을 넘어 곧 마당으로 굴러떨어질 순간이었다.

"아저씨! 무슨 짓을 하는 거예요? 아줌마가 뭘 잘못했다고."

그 가시 돋힌 말이 순간 주인집 남자를 놀라게 했다. 남의 가정사에 겁도 없이 한마디 쏘아 붙이는 눈초리가 무서웠는지 마누라에게 하려던 행동을 멈추고 방으로 들어갔다. 잔상이 무엇이든 젊은 엄마에게 보인 창피스러운 모습은 주인으로서 쪽팔리고 자존심 상한 일이었을 것이다. 아침부터 싸움을 걸어오는 마누라가 무슨 큰일이라도 난 것처럼 남편의 일을 들춰 잡으려 하자 화가 났다. 아예 입을 막아 다시는 남자 하는 일에 이러쿵 저러쿵 신경쓰지 못하게 할 요량으로 말로 해결해 보려 하였지만 바득 바득 성질을 돋우며 대드는 바람에 이참에 아예 마누라 기를 꺾어 놓든지 자신의 행동에 태클을 걸지 못하게 할 목적으로 과격한 행동을 했다가 일이 커지고 만 것이다.

하지만 남자가 그런다고 숨죽이고 살 여자는 세상에 없다. 하물며

오기로 춤을 배운다면 어쩔 것인가. 여자도 그러한 오기는 충분히 가지고 있다. 밤마다 성에 차지 않는 카바레의 바람도 주체하기 어려운데 마누라까지 용을 쓰고 덤벼드는 바람에 미련하고 옹졸한 생각으로 행동하다 창피를 당한 그 남자. 과연 바람을 접을 것인가. 절대 그런 기색이 없다.

 주인집 여자가 무엇을 잘못했나 생각하다가 무엇을 잘못했다 해도 남자의 그런 폭력적이고 강압적인 행동은 용서할 수가 없어 불현듯 솟아난 정의감으로 겁도 없이 남의 집 가정 싸움에 끼어들어 한마디 하고 말았던 내가 춤바람이 난 주인집 남정네처럼 춤에 중독되었다. 춤에 대한 열정, 갈망이 해소되지 않았다. 1년 가까이 3일에 한 번 춤바람에 가담하는 것만도 양심의 가책을 느끼고 있었다. 나미는 나보다 먼저 춤 기술을 익힌 뒤에 나를 꼬드겨 춤바람에 가담하게 하였고 내가 동참하기 시작했을 때 그녀는 이미 스타가 되어있었다.

"추실까요" 수없이 그녀에게 다가와 주는 남자들을 보며 부러움도 있었다. 그러나 그녀는 언제나 자존을 지키며 여유를 갖는다. 손을 내밀어 춤추자는 남자의 손을 잡지 않는 용기가 그녀의 특기다. 그 특기로 그녀의 몸값은 그녀 스스로 올려놓은 것이었다.

10대에서 20대 초반까지 나미와 나는 같은 회사를 다녔고 내가 결혼한 후에도 십 년간 만남을 유지하고 있었다. 나미는 결혼 전에도 화려한 외모로 이야기와 소문을 달고 다녔다. 하얀 군복이 어울리는 훤칠한 군인과 역전에 서 있었다든가, 또 다른 남자와 걸어가는 것을 보았다든가 하는 소문들은 꽃피는 젊은 시절에 그녀에겐 훈장이었고 나에겐 부러움이었다.

 그녀가 카바레의 퀸이라 해도 친구들은 의아해하지 않았다. 하지만 겉모습에 타고난 화려함이 있어도 속내를 드러내 보이지 않는 그녀는 아들 하나를 둔 엄마였다. 그녀 나름의 인생의 목표가 있었을 것이기에 결혼 이후의 삶에 나름의 불만도 있었으리라.

 여자의 한계는 결혼으로 시작된다. 누구의 엄마이고 누구의 부인으로 때론 눈물로 때론 의견이 없는 침묵 속에서 삶의 인내를 배워간다. 나는 두 아이를 둔 엄마다. 타고난 열정이 있어 노래도 좋아하고 친구도 좋아한다. 무엇이든 속에 담아 두려 하지 않는 솔직함은 나의 장점이면서도 사람에게 먼저 다가가지 못하는 단점도 지니고 있다. 결혼하면서 삶의 스텝에 맞게 그 틀 속에서 최선을 다했다고 생각한다. 그러던 어느 날, 불나방처럼 날아다니는 화려한 불빛에 남녀 쌍쌍이 돌아가는 광경을 보고 "나도 할 수 있는데" 하는 자신감이 생겨났다. 누구나 본능에서 오는 열정은 가지고 있다. 그것이 춤이 아니고 좀 더 고차원적인 예술적 가치에 있다든가 끝없이 정진하는 학문에 있다면 더 좋았을지 모르지만 결국 인간은 자신과 타협하지 않고 본능에 이끌려 즉흥적인 행동을 실천하는 동물이기도 하다.

 카바레에 첫발을 들이면서 희열은 계속되었고 어디까지가 한계인지 맛보고 싶었다. 춤의 세계는 표현함으로 아름다워지고, 춤을 통해 리듬 감각을 익히고 춤으로 모든 스트레스가 해소되며, 그 화려함에 익숙해지면서도 또 가만 몰래 하는 것에 쾌감도 있었다.

나는 그저 춤추기 위해 낯선 남자의 손을 잡는다. 솔직히 파트너에 대한 관심은 없었다. 화려하게 비춰주는 조명이 밤을 흥분시키고 사람이 돌고 불빛이 돌고 빙글빙글 돌아 넘어지지 않는 불나방처럼 화려한 불빛의 조화 속에 빨려 들어가는 희열의 순간이 좋은 것이다. 서로의 기교와 관계 속에서도 리듬의 정교함을 사수하는 매너 있는 마음가짐이 기분을 상승시키기도 한다.

어느 날 놀라운 장면을 목격하고 이런 희망이 생겼다. 젊은 여자 둘이서 춤을 추는 모습이 너무 아름답게 보였다. 부러웠다. 여자가 남자 스텝을 배웠는지 아니면 춤 선생인지, 여자 둘이 만들어가는 춤사위가 너무 멋스럽고 신선해 보였다. 나도 한번 해보고 싶다는 생각을 했다. 나미와 파트너가 되어 어둠의 조명을 받으며 춤바람을 일으키는 장면을 그려 보았다. 어렵다는 남자 스텝을 배워 보기로 마음먹었다. 남자여야 하고 여자여야 하는 그런 경계를 달리해 보고 싶었다. 하지만 어렵게 배운 남자의 스텝은 기대와 달리 나미와 한 번의 춤으로 끝이 났다.

"여자끼리 창피하게.. 춤 파트너는 남자와 하는 게 정석이지. 그게 보기도 좋고."

나의 도전은 어렵다는 남자 스텝을 완벽하게 익혔다는 것에 만족했지만 나미의 반응은 다소 냉담했다. 내 것으로 만들기 위해 연습한 시간들과 나도 할 수 있다는 자신감이 있었기에 가능하였지만 나미가 나와 춤 파트너가 되고 싶지 않은 것은 어쩌면 당연했다. 그것까지 나의 계획과 도전에 넣을 수는 없는 일이다. 나미는 나의 계획이 부담스러웠는지 그 이후로 나와는 멀어졌다. 그리 가깝지 않았던 춘희 친구들과 더 가까이 지냈다.

 카바레 안에서 눈인사를 나누며 반겼던 춘희와 친구들도 파트너에 대한 선망은 있었겠지만 곱게 만들어 놓은 가정이 존재하고 있어 나름 관리에 철저했다. 춤바람의 소문은 사회적 이슈가 되었다. 남편들의 혹은 아내들의 의심에 불안을 키우는 요소가 있다는 걸 알기에 혹여라도 가정에 문제가 될까 조심하여 행동하고 있었다.

 엄마이기에 집에 있는 어린 것들에 대한 불안함이 생길 때도 있었다. 어미 없는 공간에 불이라도 나지 않을까, 도둑이라도 든다면 어쩌나 하는 조바심으로, 춤이고 뭐고 뛰쳐나오고 싶은 순간도 있다. 하지만 춤을 추어도 춤에 대한 허기는 채울 수 없는 그 황홀함, 이미 맛보아버린 열정의 순간, 밤의 에너지는 우주로 로켓을 쏘아 올려도 지상에 오래도록 남아 감동시키는 하얀 먼지 바람처럼 잔상을 남긴다. 어쩌면 사랑의 오르가즘보다 더 강한 에너지의 연속성으로 그 희열과 열정은 마음을 더 부추겨 춤추게 한다.

 쿵작작 쿵작작. 3박자의 스텝으로 원을 그리며 돌아가는 왈츠는 며칠에 한 번씩 밴드 음악 선택으로 연주된다. 오늘 밤 나미와 손을 잡고 일어섰던 남자와 나미가 한껏 멋을 부리며 무대를 돌고 있다. 한 바퀴를 돌았는가. 나미와 남자가 보이지 않는다. 어딘가로 사라졌다. 나미가 궁금해져 왈츠곡이 끝나자 밖으로 뛰어나온 나는 거리를 지나 뚝방을 걷고 있었다. 어떤 남자가 가까이 따라오고 있다는 것을 알고 발걸음을 줄였다.

"저기 이야기 좀 할 수 있을까요?" 가까이 다가온다. 뛰었다.
"무슨 일 있어요? 왜 그리 뛰어요?"
"끝났으니 집에 가야죠."

걷다가 뛰던 나는 오르막길에서 돌아보았다. 따라오지 않는다.

화장을 지우고 자리에 누웠는데 다시금 나미의 행방이 궁금해졌다. 돈이 있고 없고 상관없이 습관적으로 카바레 매상을 올려주어야 한다는 무리들이 있다지만 경험해 본 적은 없었다. 혹시 나미도 남자와 그 테이블로 갔을까.? 내일 전화로 물어봐야겠다. 분명 속을 쉽게 드러내지는 않겠지만 왈츠곡을 추며 사라졌다는 건 호기심이 생길 일이다.

"남자들은 조금만 호의를 보여도 아랫도리가 팽팽해져."

웃어대는 친구들 말이 믿어지지 않았다. 한 번의 흐트러짐이 없었던 몸가짐은 경계를 중히 여겼기 때문이다. 상대가 누구든 어떤 사람에게도 관심을 두지 않았던 나는 그런 말이 이해되지 않아 반박하려 하다가도 친구들의 대화 속에 묻혀 그저 듣는 것으로 일관한다. 그래야 그들과 함께 친할 수 있기 때문이다.

춘희는 시장 한 곳에 있는 옷가게를 운영한다. 회사를 그만둔 친구들이 결혼 생활의 무료함을 해소하며 수다를 떠는 장소다. 손님들이 들락거리는 춘희의 가게는 은밀한 대화는 가려가며 한다. 우리보다 더 빨리 카바레 출입을 하였던 춘희와 친구들은 한패가 되어있었다.

결혼 전으로 돌아간 것처럼 즐겁게 수다와 웃음꽃을 피운다. 그들은 가을 코스모스길을 함께 걸었고 여름 바다의 진한 추억들이 있다. 셋, 넷이 만나는 날은 응당 춤바람의 은밀한 이야기들로 열을 올린다. 이미 춤의 고수가 된 그녀들의 대화는 대부분 남자들 이야기다.

문득 그날 밤 내 뒤를 따라왔던 남자를 생각하며 물었다.

"나미 너, 왈츠 추다 어디로 갔어?"

그녀는 신나게 웃어보였다.

"슬로우 슬로우 밀려서 맥주 마셨지."

대수롭지 않다는 표정이다. 친구들도 침을 꼴깍 넘기며 나미 입에서 무슨 말이 나오나 기대하고 쳐다본다. 나미의 대답에 친구들은 "뭐가 있는 거야? 말해 봐봐!" 열을 올렸지만 나미의 표정은 흔들림이 없었다.

춘희는 매일 밤 카바레에 출근한다. 가게에 새로 들여오는 옷은 자기가 먼저 입고 한 번씩 카바레에 선을 보이고 나면 잘 팔린다고 자랑삼아 장사 소관을 말한다. 일찍 남편 도움으로 자기 것으로 만들어 놓은 번듯한 가게를 보고 "시집 잘 갔네" 하는 부러움이 있었다. 영업에 유용하다는 핑계 같은 말로 자신은 가게 모델이란다. 한 번 입고 카바레에 선을 보이는 날이면 남다르게 날개를 달고 나비가 된다. 하지만 아무리 장사 소관이 뛰어나다 자랑해도 나미의 마음에 드는 옷은 없을 것이기에 춘희의 안목은 나미에게는 늘 수준 미달이다. 춘희의 은근한 회유와 협박에도 넘어가지 않는 나미와 나는 웃음으로 일관한다. 춘희가 입고 걸어놓은 옷을 사본 적도 없지만 춘희의 이야기에 동조하지도 않았다. 모델이라기에는 누가 보아도 인정할 수 없는 몸매를 가졌다. 얼굴이 갸름하지도 않고 다리가 길지도 않으며 키가 크지도 않아 옷 치장으로 만든 몸매라는 것을 친구들은 알고 있다. 그나마 춤으로 인해 몸매와 맵시는 과거 춘희의 모습과 많이 달라져 있다는 건 인정하고 있다.

어쨌든 친구들에게 만남의 연속성을 제공해준다는 건 고마운 일이다. 춘희는 이익을 챙기기보다 좀 더 요령 있게 아이들이나 남편에 대한 이야기가 아니라 카바레 남자들 이야기로 친구들을 자극시킨다.

"오늘 밤 저녁 먹고 거기서 모이자." 하면 바로 약속이 성사된다. 친구들 말에 웃으며 호응해주는 게 친구들과 관계를 이어가는 방식이다.

춤으로 잘 놀았으면 끝마무리도 상쾌하게 뒤도 돌아보지 않고 계단을 뛰어 거리로 나오는 게 나의 습관이다. 20분 거리에 집이 있다. 거기는 거기대로 여기는 여기대로 잘 조절하며 살고 있다고 생각하고 춤바람도 한계를 넘지 않도록 절제하려고 늘 마음을 쓰고 있었다.

무엇이든 속에 담아두고 있지 못한 성격이었기에 친척을 만나든 이웃을 만나든 춤이란 누구나 배우면 좋은 것이라고 기본 스텝을 익혀

주기도 하였다. 춤이란 배워 잘 사용하면 분위기를 살리는 리더가 될 수 있고 어떤 놀이에 접목하여도 자신있게 줄거움을 연출할 수 있다는 장점을 설명하였고 춤이란 내면에서부터 표출되는 인생사가 담긴 표현이라 말했다.

우리의 조상들도 몸과 마음이 힘들고 괴로울 때 노래하고 춤추며 삶을 지탱할 수 있었다. 노래나 소리에 맞는 기본 스텝을 익혀둔다면 혼자 소외되지 않고 자신을 표현하여 인생의 희노애락을 즐길 수 있다. 춤에 대한 남다른 열정은 남자 스텝까지 내 것으로 만들어 익히게 하였고, 배우고 싶어도 배우지 못하는 사람에게 늘 알려주고 싶었다. 친구들과 클럽에 가서도 물 만난 고기가 되었고, 어떤 리듬에도 춤 놀림이 자유로워지고 음악에 취해 자리에 앉아있지 못했다. 리듬의 자신감으로, 음악에 대한 열정으로, 술 한 모금 마시지 않아도 관광버스에서나 나이트 클럽에서나 젊음의 열정을 마음껏 표현하여 나의 멋을 원 없이 발산했다. 가끔 남편에게 함께 춤을 배워보자는 제안도 몇 번 했었다. 처음엔 웃으며 그래볼까 했던 남편이 적극적인 나의 행동에 거리를 두기 시작한다는 것을 느끼고는 조용히 입을 다물었다.

"내 안사람이 설마 저녁에 춤바람으로 집을 비운다고? 에이, 아닐 거야."
"잘 감시해봐 누가 알아."

남편의 귀를 거슬리게 하는 말들이 흘러 들어갔다. 나에 대한 소문이 어떤 형태로 남편 귀에 들어갔는지 몰랐고, 집 전체가 흔들릴 전

야에 들어있다는 것을 느끼지 못했다.

홀로 정의롭다며, 양심에 죄지은 일이 없다 해도 누가 믿어 줄 것인가. 춤추는 자체가 바람이라 단정 지어 놓고 있는 사회풍토에 믿어 달라 설명한들 오해와 불신만 커져간다. 그러기에 아예 남편에게 솔직하게 털어놓지 않았다.

나는 무엇인가를 만났을 때 그것에 대한 예의를 지켜야 한다는 신념이 있다. 십 년 결혼 생활에서 작은 집이지만 내 집을 마련하여 이사 온 것이 나름의 자부심이었다. 두 아들을 낳아준 것도 합치면 남편과의 거래에 충실했다고 생각했다. 그랬기에 저 깊은 곳에 두었던 열정을 선택한 것에 후회는 없었으며, 부끄러울 일도 없었다.

하지만 부부라 할지라도 마음속에 무엇이 들어있는지 생각의 끝을 알 수 없을 때는 믿음도 깨어지게 되는 것인가. 나에 대한 믿음이 깨어진 게 어디까지인지 남편의 속내를 알 수 없던 그 무렵, 나의 춤바람도 남자 스텝을 배운 이후로 차츰 싫증이 생겨났다.

새집에 이사 온 지 얼마 되지 않아 집귀신이 분탕질을 하는지, 불안의 요소가 집안을 돌았던 것일까. 남편과 연애 시절 군부대 면회 갔을 때 그 가슴 뛰던 날에도 그는 술에 취해 실망을 안겨 주었지만, 십 년의 결혼 생활 동안 남편에 대한 불신은 결코 없었다. 하지만 그즈음 남편의 잦은 술자리로 신뢰가 무너지고 있다는 것을 느꼈지만 남몰래 카바레 출입을 하는 입장에서 불만은 접어 두어야 했다. 술 취한 밤이면 새벽 시간이 얼마나 깊었던지 남편 기다리기에 지친 나를 강제로 일으켜 춤을 추자는 남편의 성화에 화를 내기도 했었다.

 남편은 책임감 있는 사람이다. 술에 만취한 날이 반복되어도 아침이 되면 출근 시간을 차질없이 지키는 모범 회사원이었다. 언제나 스스로 출근 준비를 했던 남편이 그날은 어째서인지 출근 시간이 촉박한데도 꼼짝하지 않고 누워 있는 것이 의아스러워 남편을 깨워야 했다. 점점 강하게 흔들어도 남편이 꼼짝을 하지 않자, 출근 시간의 압박 탓인지 바가지에 찬물을 받아 남편 얼굴에 뿌렸다.

 그것이 시작이었다. 놀란 남편은 갑자기 무서운 아귀의 모습을 하고 나를 잡아 넘어뜨리고 목을 조여왔다.

"이년이 나를 죽이려 하네."

 갑자기 일어난 일이라 정신을 차릴 여유도 없이 남편의 팔이 목에 감겼다. 점점 가해지는 힘의 속도가 놀라웠다. 미리 계획한 일인가. 놀랄 겨를도 없이 방에서 마루로 실랑이가 시작되었고 남편의 힘은 초인적이었다. 죽이고야 말겠다며 달려드는 아귀가 된 남편의 팔을 풀어 보려 해도 불가항력이었다. 이사 온 집이 좋아서 하루에도 몇 번씩 먼지를 닦아내던 마루에서 사생결단이 시작되었다. 죽을 것인가 살 것인가의 이 기막힌 순간이 내 집에서 일어나고 있었다. 남편의 광기 어린 행동에 아이들은 무슨 속내인지 기척이 없었다. 자빠져 목이 조여진 채로 아무것도 할 수 없던 나는 반사적으로 벗어나려 발버둥을 쳤다. 마루에 놓아둔 요강이 넘어지면서 오줌이 쏟아졌다. 목을 감았던 팔이 느슨해지는가 싶었지만 다시 죽을 것 같은 순간이 오고, 살길을 모색해야만 했다. 남편이 무엇에 홀리지 아니하고는 그러한 행동을 할 수가 없다. 술을 즐기는 한량의 기질이 있어 사람을 좋아하고 분위기를 즐길 줄 아는 사람이긴 하지만, 아무리 화가 난다 해도 그런 행동은 할 사람이 아니다.

문득 아이들이 궁금했다. 밖에서 무언가 사건이 벌어지고 있고, 엄마가 위험하다는 걸 알고 있음에도 아이들은 나와보지 않았다. 아빠가 그럴 거라는 걸 알고 있었다는 뜻인가. 대체 무엇 때문에 이러한 상황을 감당해야 하는가. 아이들 이름을 불렀다. 감감하다. 울고불고 뛰쳐나와서 아빠를 말렸어야 하는 순간에 아무런 기척이 없다. 이제 나는 죽어야 하는가. 마지막으로 벽을 두고 있는 앞집 아주머니에게 죽어가는 목소리로 외쳤다.

"앞집 아주머니, 살려주세요! 살려주세요!"

그 순간 나의 자존심은 바닥을 쳤다. 어차피 죽으면 필요 없어지는 게 자존심 아닐는지. 벗어나려 도움을 청해야 하는 절박함을 앞집 아주머니가 분명 듣고 있었으리라. 단말마 같은 나의 외침에 무언가 잘못된 일이 벌어지고 있구나 싶었던 아주머니가 대문을 열고 들어왔다. 잠겨 있어야 할 대문이 열려 있었던 건 지난밤에 친정 올케가 왔다 갔기 때문이다. 눈앞에 펼쳐진 믿을 수 없는 남편의 행동에 아주머니는 한발 한발 다가서며

"아저씨 왜, 이러세요. 목을 놓으세요." 했다.

순간 아주머니를 올려다본 남편의 시선이 흔들렸다. 잠깐 제정신으로 돌아왔는지 앞집 아주머니 얼굴을 확인하고 팔에 힘을 풀었다. 어색한 몸짓으로 방으로 들어갔다. 그때까지도 아이들은 기척이 없다. 남편도 나도 제정신이 아니었다. 남편이 감아 조였던 팔이 풀리자 나는 집을 뛰쳐나와 뒷집 방문을 열고 들어갔다. 뒷집 주인들도 놀랐다. 젊은 내외가 잘살고 있는 모습에 믿음을 주었던 건 어제까지였다. 아침의 소동으로 '저 사람들이 미쳤나' 하는 눈총을 피해갈 수 없었다. 창피를 피해야 한다는 절박함에 다시 그 집을 나왔다. 어디를 가야 하나 생각했다. 멀지 않은 거리에 친정이 있었지만 친정 어머니도 믿음이 가지 않았다. 발길은 무조건 집과 거리를 두어야 한다는 참담함에 눈물이 앞을 가렸다. 이미 바람난 년으로 손가락질을 당하고 있었는데 그런 분위기를 나만 모르고 있었나 보다. 어린 것들에게까지 냉담한 배신을 당할 만큼 못된 짓을 한 것인가.

남편이 벌어온 돈을 마음대로 허비한 것도 아니고 아이들 재워놓고 잠깐씩 집을 비운 일이 목숨으로 갚을 만큼 잘못된 것인가. 무조건 걸었다. 갈 곳을 생각해야 한다. 어디든 몸을 숨기고 다음을 생각할 일이다.

아이들 도시락에 김치를 빼고 싸 본 적이 없다. 두 아이 담임선생님 한번 만나 볼 용기도 없어서 아이들에게 당당할 수 없었던 어미였다. 하지만 그런 모자란 어미가 엉뚱한 곳에 열정을 쏟아 남편을 화나게 하였다 해도 남편의 폭력과 악행을 정당화할 수는 없다.

결혼 전 회사생활에서도 배움에 대한 갈망이 가슴을 아프게 하였고 무엇을 해도 비어 있는 가슴을 채울 수가 없었다. 어머니의 어머니를 통해 이어온 훈계로 길들여져 결혼을 하고 자식을 낳았다. 더 나아갈 곳이 없는 나의 빈 가슴은 춤을 선택했지만 나의 인생길에 춤바람은 지나갈 바람일 뿐이었다. 살아있다는 건 무언가에 도전하는 것이다. 허물 벗기는 하나의 과정이고 고통은 또 다른 무엇을 시작할 수 있다는 희망으로 존재한다.

 살기 위해 무엇부터 시작하여야 하는가. 얼굴 붉히고 고개 숙여 나의 신뢰가 회복될 수 있는 단계는 이미 넘어선 것 같았다. 나의 전체를 재정립하여야 한다. 언젠가 한 번 어머니의 강요 비슷한 모양새로 따라갔던 절이 생각났다. 이 순간 이 참담함을 안고 거기로 가야 하는지 의문이 들었지만, 발길은 이미 그곳으로 향해 가고 있었다. 창피함마저 거들났다. 지금 무엇부터 해야 하는지에 대한 생각보다 우선 갈 곳이 생겼다는 게 마음의 위로는 되었다. 그러면서도 머릿속은 무엇으로 나의 자존을 지켜야 하는지와 남편에 대한 원망으로 복잡해졌다.

 새벽바람에 일어난 그 엄청난 사건으로 헝클어진 머리와 아무렇게나 입혀진 옷, 다듬지 못한 얼굴로 계단을 오른다. 가만가만 대웅전으로 숨어들었다. 다행이다. 한 번 와본 곳이라 이른 봄인데도 포근해지는 느낌이다. 방석을 깔고 앉았다. 높이 앉아 나를 내려다보는 얼굴이 웃고 있다. 아무 생각도 없이 마냥 올려다 본다. 시간이 얼마나 지났을까 인기척에 고개를 들었다.

 "일찍 올라오셨군요. 아침 공양을 차려 놓았으니 내려가 드시지요."

 노스님의 다정한 목소리가 울컥 가슴을 울렸다. 오래 참고 있던 것이 목 깊은 곳에서 밀고 올라오는 것을 어찌 막는단 말인가. 그런다고 스님을 따라 일어설 수 없는 모습에 고개를 숙여 삼키고 삼키는 동안 나도 모르게 부처를 향해 절을 하고 있었다. 스님은 조용히 자리를 뜨고 없었다. 시간이 얼마나 지났는지 다리의 통증을 느낄 때 공양주의 부축으로 계단을 내려와 방으로 들어갔다. 아침 일찍 올라온 것은 분명 무슨 사연이 있는 것이라 짐작하고 따뜻한 물과 아침을 권한다.

 몰골이 창피하여 고개를 들 수가 없다.

 "잘 먹겠습니다."

 숟가락을 들고 한참을 생각하다 말문을 텄다.

 "저, 여기서 살 수 있을까요."

 당장 갈 곳이 없는 나는 그런 말이 나오고 말았다. 공양주는 웃으며.

 "보살이 원한다면 스님께 문의해 보셔도 됩니다."

 밥을 국에 말아 다 먹었다. 먹은 그릇을 씻었다. 세수를 하고 옷을 털어 매무새를 고치고 공양주 보살을 도와 마루를 쓸고 방을 두루 닦

앉다. 넓은 마당에 솔잎과 낙엽이 흐트러져 있는 것이 보여 쓸어 담으며 청소를 했다. 초라함에서 벗어나 살아야 한다는 몸짓이었을까. 살아야 할 명분이 무엇인지 생각하며 멍하니 있었다면 더 미친 모습으로 보였을 것이기에 뭐라도 움직여 보였다. 잘못이 하나라도 있어야 분함이 덜 할 것인데, 잘못을 찾아볼래야 찾을 수 없다는 것이 가슴을 아프게 한다.

어느덧 눈이 녹아 어수선한 절 내부를 청소하기 시작하였다. 차라리 손을 놀려 일하는 것에 집중하다 보니 기분이 좋아졌다. 바위 틈새로 말라 비틀어 보기 흉했던 풀들이 제거되면서 절 내부는 더욱 깨끗해졌고 마당에 깔린 자갈 사이로 떨어졌던 솔잎 하나하나까지 주워 담으니 마음에 차 있던 응어리까지 없어지는 것 같았다.

갑자기 어깨 위가 따뜻하다. 언제 나오셨는지 스님이 겉옷을 내 등에 감싸듯 올려놓아 얼굴을 붉혔다.

"고맙습니다. 조금 추웠는데 너무 따뜻합니다."
"절도량이 젊은 보살 덕에 환해졌소. 이만하고 따뜻한 차 한잔 마시지요."

미리 준비하고 기다렸는지 찻잔을 들고 서 있는 공양주의 눈짓에 하던 일을 멈추고 스님 방으로 따라 들어갔다. 스님과 마주 앉았다.

"절에 처음 오신 거요?"

스님이 찻잔을 들고 쳐다본다.

"언제인가 어머니를 따라 한번 와 본 적이 있습니다. 이런 골골로 찾아오는 곳이 아닌데 죄송합니다. 갑자기 갈 곳이 없어지는 바람에 생각하게 된 곳이 이곳이어서 오게 되었습니다. 스님, 여기서 살 수 있게 허락해 주십시오."
"저런, 아들도 남편도 있는 보살이 그런 말을 하면 못쓰지. 올라오셨으니 점심 공양도 들고 천천히 내려가시지요. 여기는 있고 싶다고 있는 곳이 아닙니다. 잘못을 부처님께 참회하여 소멸하는 곳이지요. 자주 올라와 참회하는 기도를 하십시오. 자신에게 주어진 의무를 다하지 못하면 안됩니다. 따뜻한 차를 마시고 마음을 다스려 내려가시면 시간은 달라질 것입니다."

　스님의 말씀을 듣고 방을 나왔다.

　하던 일을 마무리하고 나니 열 시가 되었다. 스님이 법복을 챙겨입고 아미타전으로 들어가신다. 주방 보살이 나를 부른다. 부처님께 올릴 공양을 손에 올려놓는다. 어찌하는 것인지 모르면서 받아들고 올라갔다. 눈치껏 살펴보니 할 일이 보였다. 하루동안 일어난 일이 모두 예사롭지 않은 것에 고개가 숙여졌다.

　한 사람 두 사람 절을 찾아오는 사람들이 아미타전 법당에 모여 기도를 한다. 한 시간 가까이 걸려 기도를 드렸다. 살아간다는 끝이 없을 것 같은 생경함도 익숙해지면 내 것이 된다. 나의 하루가 그런 과정이 되었던 날인 것이다.

다시는 돌아보지 않으리라 했던 집에 왔다. 둘러보니 여기저기 상처투성이다. 나 하나로 인해 일어난 일과 그 상처를 보듬어야 할 책임이 또한 나여야 하는가. 무엇보다 아이들의 생각이 중요했다. 오늘의 기억은 나에게만 남지 않을 것이다. 남편의 행동은 내가 밖으로 뛰쳐 나가 사라짐으로 해결된 것이 아니다. 그 행동이 아이들 앞에서 정당한 것이었나를 생각하게 될 것이고 돌이킬 수 없는 후회로 남을 수 밖에 없을 것이다.

이미 남편은 출근하였고 가까이 있는 친정 어머니가 어린것들을 챙겨 학교로 보냈을 것이다. 어머니는 나의 춤바람에 대해 못마땅해했고, 가족들 사이에서 부정적인 분위기를 조성하였을 것이기에 아이들이 하교해서 돌아오면 분명하게 설명을 해야겠다는 결심이 들었다.

"엄마는 지금 너희가 너무나 낯설어서 바라볼 수가 없어. 엄마로서 행동에 부끄러움이 없었고 아빠나 너희에게 소홀하지도 않았어. 그런 엄마를 죽을죄라도 진 사람처럼 너희는 아빠의 행동에 동조했으니 엄마는 이미 죽었을지도 모르는 아침의 일을 어떻게 설명할 길이 없어. 이제 우리가 함께할 수 없다는 건 너희도 알겠지."

아이들을 보며 눈물을 흘렸다.

"잘못했어요, 엄마. 아빠가 엄마를 혼내준다고 나오지 말라 하셔서 그랬어요."

아이 둘은 무릎을 꿇었다. 말인즉 엄마에게 잘못이 있다는 것을 인정하였기에 동조하였으리라. 3일에 한 번씩 요란을 떨고 나간 적은 없다. 물론 저녁 시간에 어린 것들의 불안을 조성한 죄는 있다. 하지만 술의 미친 기운으로 마누라의 잘못을 잡아 보려던 그 행동 자체는 잘못된 발상이다. 앞집 아주머니가 대문을 열고 들어오지 않았다면 죽었을 그 순간 누구라도 살인을 할 수 있다는 걸 경험하였다. 술이든 미친 것이든 죽이려고 한 것은 아니었다 해도 새벽에 있었던 일은 용서가 되지 않았다. 그런 사람과 어찌 마주 보고 살 수 있을까. 아이들이 눈물을 뚝뚝 흘리며 잘못했음을 빌어도 무슨 소용이 있단 말인가.

어디 가서 하룻밤 자고 올 주제도 못 되던 자존심이 자식 앞에 동기간 앞에 사실 놀이였을 뿐이라고 말해봤자 누가 믿어 줄 것인가. 친정 어머니조차 '나쁜 년', '바람난 년'으로 매도하며 사위 편에 서 있다는 사실에 다시 한번 몸서리를 쳤다.

"모든 것은 마음이 하는 일이니 마음에 휘둘리지 말고 해야 할 도리를 하라"던 스님의 말씀대로 마음이 안정되면 좋으련만 집에 들어오는 순간 마루를 지나 하나씩 발을 옮기는 것조차 두려웠다. 아이들이 방으로 들어갔다. 퇴근 시간이 되면 남편이 들어올 것이기에 옷 몇 가지와 지갑과 구두를 챙겨 조용히 집을 나왔다.

갈 곳이 생각났다. 임당동 이모가 있었다. 내 편을 들어줄 이모다. 어둑해 질 무렵 이모 집 대문을 열었다.

"이모, 나야."
"어머, 무슨 일이야! 해가 지는데.. 애들은 어쩌고?"
"집에 있지"
"이 서방도 잘 있고?"
"다 잘 있어요. 사실 나 이모랑 살려고 왔어."
이모가 쳐다본다.

"싸웠니?"

이모는 저녁상을 차려 왔다.

"나는 내일 손주 손녀 보러 서울 간다. 저녁 먹고 집에 가."

밥 한 그릇을 다 비웠다. 마음이 안정되자 이모에게 다 털어놓았다.

"그런 미친놈이! 언니도 한패라고?! 딸년 잡을 뻔했네.. 내가 가슴이 떨린다. 어디 그런 나쁜 놈이 남의 집 귀한 자식을 죽이려 해? 집에 가지 마라! 나쁜 놈!"

내 편 들어주는 이모가 얼마나 고마운지. 이모는 젊어서부터 혼자 아이 둘을 키운 강한 엄마다. 사회생활을 하면서 공부시킨 두 딸은 결혼하여 서울에 산다. 아이들이 보고 싶어 내일 서울 가면 며칠 있다 온다고 굶지 말고 밥을 해 먹으란다.

"내가 여기 와 있다고 집에 전화하면 안 돼."

이모는 고개를 끄덕이고 웃었다. 이모를 배웅하고 방에 들어와 벌러덩 누웠다. 모처럼 모든 것에 해방된 기분이었다.

"어디 나 없이 잘살아 보라지. 나도 잘살 것이니."

자유로움도 잠시 잠깐이다. 집을 나왔으니 계획을 세워야 한다. 무엇을 해야 하나. 그런 고민으로 시간을 보내기 싫었다. 점심을 건너뛰고 대충 차려입고 춘희네 옷 가게로 갔다. 가게에서 나미도 만났다. 창피한 이야기는 할 필요가 없어 가게 옷들을 이리저리 살펴보고 있었다. 옷 한 벌 사 입은 적이 없어 미안했던 생각에 마음에 드는 원피스를 입어보았다.

"야, 그 옷 입고 오늘 카바레에서 만나자!"

정말 있을 수 없는 자유시간이라 좋아했는데 막상 자유가 허락되었다고 생각하니 신바람을 일으킬 에너지가 없다. 저녁을 먹고 있으려니 눈물이 나올 것 같아 굽이 높은 하이힐을 신고 새로 산 원피스를 입고 우울함을 덜어내기 위한 기분 전환으로 카바레를 향해 어둠의 거리를 걸었다.

시장 안으로 들어가 2층 계단을 올라 카바레의 문을 열었다. 벌써 음악은 시작되었고 여전히 빈 자리가 없다.

블루스 음악으로 바뀌자 어떤 남자와 춤을 추었다. 새로 산 원피스에 어울리는 하이힐이 기분을 한층 더 상승시켜준다.

"지난번에 아가씨 뒤를 따라갔는데 나, 누군지 모르겠어요?"

아가씨?

"저 나쁜 사람 아닙니다. 아는 사람 같아서 따라갔는데 뒤도 안 돌아보고 가는 바람에..말도 못걸었네요. 나, 옛날에 오빠 친구였는데. 서울 사는."

어린 시절 의형제를 맺었던 그 오빠? 서울 산다는. 기억이 났다.

"우리 맥주 한잔할래?"

곡이 끝나자 그는 내 손을 잡고 테이블 한곳에 자리를 잡는다. 손을 뺄 틈도 없이 어느새 자리에 앉았다. '남들도 다 하는 거, 나도 한번 해보는 거야. 까짓것 술도 마셔보고.' 잔에 채워지는 노란 맥주를 바라 본다.

"결혼 안 했지? 너 코 흘릴 적 생각난다. 그때도 이뻤는데.. 혹시나 해서 따라갔는데 도망치듯 뛰어가더라."

강릉에 사업 때문에 자주 온다며 친근감을 더했다. 말끔하다. 서울 살아 그런가. 시원하네 맥주를 마셨다. 카바레 한쪽에 자리 잡은 테이블에 남자와 앉아있다. 별다른 느낌이 없다.

여전히 현란한 불빛에 춤바람을 일으키며 돌아가는 사람들이 보인다. 친구들도 왔을 텐데 생각하며 둘러본다. 외진 곳 테이블에 나미가 그 어떤 남자와 웃고 있다. 춘희는 보이지 않는다. 남자와 춤을 추겠지.

오빠 친구가 물었다. 자주 오느냐고. 술 한 모금에도 얼굴이 빨개지는 게 체질인가 했는데 맥주 한잔을 다 마셨는데 아무렇지 않았다. 오빠 친구라 부담이 없었나. 집을 나오지 않았다면 더 친근감이 들었을 반가운 만남인데 기분을 상승시키지는 못했다.

"요즘도 오빠랑 자주 만나요?"
"서로 전화는 하지. 너 이야기는 전혀 없던데 이제 서른이 됐나?"
"아들 둘이 있어요"

자주 만나 이야기도 하자며 전화번호를 물었다. 날카로운 색소폰 소리와 함께 탱고 음악이 나오고 있었다. 나는 그 오빠 손에 잡혀 탱고 춤을 추었다. 새로 산 원피스와 하이힐은 불빛에 아름다웠다. 손가락으로 통통 튕겨 올리는 물방울처럼 박자 리듬에 맞게 각도를 유지하는 탱고 춤은 색소폰 소리에 스며든다. '아, 이것이 춤이지. 이것이 좋아 춤 파트너를 만드나 보다.' 생각이 들었다. 그러면서 오늘 밤으로 카바레에서의 춤은 이게 마지막이 될 거라 예상하고 있었다.

"내일 점심 같이 먹을래?"

쳐다보는 그의 시선을 느꼈다. 긍정도 부정도 하지 않고 웃었다.

결혼 후 처음으로 집을 떠나 밤을 보냈다. 멍하니 앉아있었다. 할 일이 없다. 꿈을 꾸었던 생각이 난다. 어제 갔었던 절에 부처님이 스님의 얼굴로 변하더니 내 손을 잡고 어딘가로 향해 가고 있었다. 나는 뒤를 돌아다보며 아이들을 생각하다 꿈에서 깨어났다.

  멍하니 앉아 꿈 생각을 했을 뿐인데 갑자기 친구도 춤도 부모도 가정도 모든 것이 부질없다는 생각이 들었다. 자리를 털고 일어났다. 세수를 하고 양치질을 했다. 얼굴에 로션을 발랐다. 이모 집을 나와 어제 갔던 절에 가야겠다는 생각이 들었다. 순간의 결정으로 행동을 부추기는 이것이 무엇인가. 어제 그리도 따스하고 환하게 느껴졌던 절 풍경이 마음에 들어온다. 슬픔을 벗어낸 환희의 마음이다. 걸어가고 있는데 가슴에 남아 있는 것이 없다. 신선한 바람이 걸음을 부추긴다.

만학

강릉에 여성회관이 생겼다. 시민의 여가생활을 위한 공간으로 누구나 각 부처에 접수하여 원하는 것을 배워 익힐 수 있다. 라디오 광고를 듣고 붓글씨 반에 접수하였다. 그것이라면 춤에 대한 미련을 벗을 수 있겠다는 마음이 컸다. 무엇으로도 치유할 수 없을 것 같았던 울울함이 있었는데 다행스럽게 광고가 귀에 들어와 주저하지 않았다.

 붓글씨에 집착하여 매일 열공을 발휘했다. 밥 먹는 시간 외 모든 시간을 붓글씨 쓰는 데 활용하였다. 하루하루 붓글씨를 쓰며 보낸 시간에는 다시금 가정을 평화롭게 하려는 생각도 있었다. 하지만 제대로 먹지 못한 에너지 부족으로 나의 몸이 몰라보게 말라가고 있었다는 걸 몰랐다. 그것은 또 다른 바람으로 고요했던 나의 밤잠을 앗아갔다.

결국 정신 병동에 입원하게 되었다. 거짓의 농간에 미친 것인지 집에서 먹지 못했던 매운 것을 먹게 되었다. 먹어도 속이 아프지 않은 것에 신기해하며 두 달 입원 후 겨우 퇴원하였다. 먹지 못했던 것을 마음대로 먹어도 속이 쓰리지 않은 것은 끝내 의문이었다. 위궤양 때문에 아무거나 먹지 못한 것에서 오는 허약이 마음을 피폐하게 하고, 정신병을 유발하였다고 생각했다. 잘 먹고 잘 잔다면 금방 나아질 병이라고 위로하면서 버텼다. 하지만 나의 정신은 점점 다른 존재에 장악당하기 시작했다. 죽은 사람들이 나타났다.

내 병은 거짓이라고 생각했다. 의심은 더 큰 혼란 속으로 빠져들게 하였다.

얼마 전 남편에게 목이 졸려 죽을 고비를 넘겼을 때 무의식 속에 길의 방향을 잡아주던 절이 있었다. 내 생각을 스님 앞에서 말 할 수 있었다. 스님과 안면을 터놓은 상태라 물어야 했다. 거짓을 어찌 내 마음에서 쫓아낼 수 있냐고, 어찌하면 사람 노릇을 할 수 있냐고, 무기가 있어야 대항할 수 있는 게 아니냐고. 나의 마음을 장악하여 미친 사람으로 몰아가는 그 목적이 무엇이냐고. 마음을 평정시킬 수 있는 무기가 무엇인지 스님께 물었다.

"보살이 나시겠구먼. 모든 것은 인연에 따라 오는 법, 보살이 풀어야 할 문제를 보살이 알고 있다는 건 몇 발 전진한 상태요. 지금부터 보살의 정신세계를 혼란으로 몰아가는 실체를 거짓이라고 단정 지어 놓고 그 거짓의 행위에 흔들리지 않도록 정신을 바짝 차려야 합니다. 보살의 정신세계를 혼란 시키려는 그 무리들은 이미 겁을 먹고 점점 강도 높은 흉계로 대항해 올 것이지만 당신이 거짓이라 믿는 이상 아무런 위험은 없을 것입니다. 어떠한 순간에도 일일이 대항할 필요는 없습니다. 당신 스스로 문제 풀이를 해결해 나갈 수 있는 참마음이 당신을 어떤 순간에도 보호해 줄 것입니다."

나 혼자 해결할 수 있는 문제 풀이를 두려워 마라. 내 안은 내가 책임진다. 오기가 발동하였다. 거짓에 놀아나다니 반드시 자존을 찾아야 했다. 그 의문에 답으로 스님은 무기 하나를 전해주었다.

"관세음보살 진언. 이 화두를 지닌다면 누구도 뺏어 갈 수 없는 무기가 될 것이니 한순간도 무기를 버려서는 안 됩니다. 이 무기는 안으로 간직함이니 어린아이도 가질 수 있고 언제 어디서나 쉽게 의지해 불안을 해소할 수 있습니다. 싸울 필요도 없이 지니고만 있으면 됩니다. 벼랑 끝에 서 있어도 살아날 수 있다는 이 무기는 답을 풀 수 있는 하나의 열쇠에 불과 하지만 본래의 모습으로 돌아올 수 있는 중요하고 귀한 열쇠입니다."

육신과 정신을 혼란 시키는 거짓에 눌려 헤어나지 못할 것 같은 혼돈의 순간에도 의지할 수 있는 것은 믿음에서 오는 무기라 했다. 거짓의 실체를 안 이상 혼란에 빠지지 않을 의지가 생겼다. 그러나 다짐하는 것처럼 쉽다면 얼마나 좋겠는가.

병원에 입원한 후 무엇이든 잘 먹어 얼굴에 살이 붙었다. 입원 한 달 동안은 제정신을 차릴 수 없는 시간이었다. 나의 모든 행동은 감시하는 병원 관계자의 시야에 들어있었다. 함께 입원해 있는 환자에게

병을 고쳐 준다고 다가가다 제지를 당했다. 그 가당치 않은 행동은 병원 관계자들의 눈에 거슬렸다. 그들은 언제나 환자들의 일거수일투족에 촉각을 세우고 감시해야 한다. 나는 나 아닌 다른 것에 조종당하며 산다는 것이 도저히 용납되지 않아 그때부터 안으로의 싸움이 치열했다. 그러다가도 의도치 않은 행동을 내가 하고 있다는 것이 한심하여 더욱 벗어나려 싸운 것이 한 달 동안 계속되었고 결국 팔과 다리를 묶인 채 독방에 갇히는 것으로 두려움의 절정을 맛보았다.

내 안에서 일어나는 모든 일이 나의 의지와 상관없이 행해지는 것에 속수무책으로 빨려들어 갈 수밖에 없었다. 나는 강압적인 제지로 뺨을 맞고서야 병원 관계자의 손에 끌려 손발이 묶인 채 독방에 홀로 남았다. 그런 것이 환자에게는 극약 처방이면서도 적절했기에 문제 행동을 중단시키는 효과가 있었다. 나는 내가 아닌데 나인 양 미친 행동을 동조한 죄로 독방에 들어가 손발이 묶이는 순간을 맞았고 숨이 넘어갈 것 같은 위기를 맞기도 했다. 이 몸에 머물렀다가는 죽을 수도 있겠다는 귀신의 허상은 몸에서 빠져나가야 할 순간을 맞았다. 허상이라 해도 또 죽는다는 건 두렵기 때문이다. 그 허상은 내 정신분열에서 오는 병에 불과하다. 그럼에도 나는 살려달라고 소리 지른다. 그 즉시 병원 사람들은 환자를 방에서 해방시키고, 환자는 허탈한 모습으로 방을 나온다. 그 후 환자는 차츰 안정을 찾아가고 점점 경과가 좋아지는 것처럼 보인다. 허상의 실체는 허상이므로 언제든 또 몸을 장악할 수 있다. 결국 병원에서 주는 식사와 약의 기운으로 회복을 돕는 규칙들에 순응하게 된다.

나는 차츰 제정신으로 돌아온 것처럼 얌전해졌다. 제정신으로 돌아온 것처럼 보이는 환자는 금요일마다 테스트의 일환으로 그림 그리는 수업에 참여한다. 평소 그림을 그려본 적이 없던 나였지만 수업 시간이 되자, 난데없이 머리에 또렷이 떠오르는 대상이 있었다. 부처의 환상이었다. 떠오르는 대로 그렸다. 그렇게 그려놓은 부처님 그림 밑에 한없이 앉아 있었다.

두 달의 병원 생활로 입원하기 전과는 완전히 다른 사람으로 변해 있었다. 두 눈에 초점이 불투명하여 다시 회복할 수 없을지 모른다는 가족들의 불안을 부추겼다. 어머니는 나를 데리고 스님을 찾아갔다.

그나마 뼈만 남아 있던 환자가 음식을 마음대로 먹을 수 있는 것만으로도 몸은 회복될 것이라 위로하였다. 병의 시초는 먹은 것이 없고 잠을 제대로 자지 못 한데서 시작되었다. 몸이 허약한 상태에서 돌아가신 시어머니가 내 몸에 들어와 행세하면서 병은 본격화되었다. 시간의 흐름에 따라 정신세계가 점점 분열되어 내 몸에 들어오는 죽은 자의 수가 상상할 수 없도록 많아졌다. 그들의 출현은 나와 무슨 상관인가, 대부분 남편 집 친척 중 죽은 혼들의 얼굴로 기억해야 할 아무 관계가 없다는 게 더욱 화가 났다. 이해되지 않는 나의 불신은 화를 부추겨 몸서리를 치게 하였다.

스님이 내게 주신 무기가 없었다면 나는 점점 나락으로 떨어져 싸워도 이길 수 없는 농간에 휘말려 정신 병동을 들어갔다 나왔다 하며 죽을 때까지 벗어날 수 없었을 거였다. 거짓이라 인식하는 확실한 의지와 스님이 주신 진언으로 무기를 삼아 싸웠지만, 그 과정이 오히려 가족에게는 불안을 주었고 집안에서는 무당이 되려는 건가 하는 의문으로 나의 상황을 지켜보았다.

 내 생각은 천부당만부당이었다. 죽어야지. 나는 차라리 죽으리라. 행할 수 없는 각오로 무기를 놓을 수 없었고 그 무기 때문에 또한 혼돈의 끝은 극에 달했다. 눈을 감고 있는 상태인데도 귀신들의 그림자가 그 많은 집들의 대문을 들어가고 나가는 장면을 보기도 한다. 나의 정신세계는 그쪽 세상에 넘어가 있던 상태였다. 그 혼돈 속에서도 인간 아닌 모습으로 산다면 내 인생은 없는 것이다. 그 무리들은 나의 약점을 찾아 공격해 보려 하였지만 결국 약점 하나 찾지 못했다. 서서히 죽은 자들의 마음을 위로할 수 있었고 그들의 행위가 온당할 수 없음을 강조하고 나름 설득하며 천도의 길로 인도하기 시작하였다.

 병의 근원은 거짓에서 시작되는 것이다. 몸 한 부분의 불규칙이 삶에 불편을 주는 과정에 집착하다 보면 거짓이 진짜가 되어 삶의 균형이 깨지고 틀어진다. 특히 속 쓰림은 여러 가지 생각을 불러온다. 원인을 찾아야 병을 키우지 않을 수 있다. 원인을 찾아보지도 않고 병을 받아들이면 병의 노예가 된다. 강심으로 대처해 간다면 스스로 몸을 보호하는 정신이 무기가 되어 건강하게 살 수 있다.

 나의 의지로 해결해 나가야 하는 현실은 철저히 혼자가 되어야 했다. 약을 거부하고 치료를 거부할 수 있는 강심은 믿음의 무기가 있었기에 가능했다. 결국 가족의 질서도 제자리로 돌려 놓았다.

 그렇게 시간은 나를 시험하기 위해 존재하는 것 같았고 그 혼란의 순간에도 먹물 갈아 일심으로 붓글씨를 썼다. 시간이 얼마나 흘러갔는지 모를 정도로 정성을 다하여 마침내 팔 폭 병풍을 완성하였다. 그 기쁨이란 것은 말로 표현하기 어려웠다. 연습에 연습을 거듭하여 260자 "반야심경"을 내가 지금 썼다는 것이다. 해냈다는 성취감에 빠져 돌아보지도 않고 거침없이 표구사에 맡기고 난 후 문득 고민에 빠져들었다. 성급한 결정이었다. 좀 더 잘 써서 맡길 걸 그랬나 하는 아쉬움이 들었다. 몸을 혹사하고도 잊고 살았던 피로감이 한꺼번에 겹쳐 3일 동안 견디기 힘들었다. 몸이 땅으로 내려앉는 것처럼 정신이 혼미해 힘들었지만 아픔보다 후회의 마음이 더 컸었다.

그러다 3일째 되는 날 밤, 꿈인가 생시인가 하는 놀라운 장면을 보았다. 안방 농 밑에서 갑자기 쥐들이 마구 쏟아져 나왔다. 순식간에 방 전체를 장악하여 어디 한 곳 틈새도 없이 빽빽하게 자리를 잡고 있다. 어쩌나 어쩌나 하면서 나는 빗자루와 쓰레받기를 들고 쥐들을 쓸어모았다. 비로 쓸어모은 쥐들이 작은 무덤 같았다. 비닐봉지를 찾아 넣어야 한다는 생각이 스쳤을 뿐인데, 순간 한 마리의 쥐도 보이지 않고 모두 감쪽같이 모두 사라졌다.

그 많은 쥐가 정말 한 마리도 보이지 않았다. 새끼 쥐들 사이에 어미 쥐들이 드문드문 합을 이루어 팔 폭 병풍 글씨처럼 안방 전체에 까맣게 두루 퍼져 있었는데 한 마리도 보이지 않았다. 어쩌지 하는 순간 나는 꿈에서 깨어났고 그 즉시 나름의 꿈 해몽이 떠올랐다.

"아!! 내 글씨가 살아있어! 260자 모두 살았다!"

자리에서 벌떡 일어났다. 잘 쓰지 못했던 건 아닐까 걱정했던 마음이 쥐들의 등장으로 날아갈 듯 가벼워졌다.

"내 글씨가 살아있어!"

춤이라도 추고 싶었다. 이제 마음 놓고 병풍을 만들어도 후회가 없을 것 같았다. 아무도 없는 방안을 빙빙 돌았다. 혼돈의 시간은 내면의 진실함을 넘지 못한다는 것을 알았다. 며칠 나락으로 떨어질 것 같은 몸이 새털처럼 가벼워졌다. 무겁게 가라앉아 널부러져 있던 거실의 신문지를 차곡차곡 정리하였다.

남편이 신문사에서 지나간 신문을 다 모아온 덕에 아깝지 않게 연습의 연습을 할 수 있었다. 나의 노력이 오롯이 나만의 것이 되는 최고의 순간이었다. 노력의 결과는 비었던 가슴을 채워 줌으로 그동안의 고뇌와 현실의 불합리에도 대적해 나아가는 힘이 되었다. 회생할 수 없을 것 같았던 어려움도 노력하면 해낼 수 있는 본보기가 되었다. 그 기쁨은 나의 것이지만 또한 가족의 안정이 없었다면 해낼 수 없었을 것이다.

정신 세계의 환란은 나와의 긴 타협의 과정이었고 망가지려 하는 자존을 원래대로 회복해야 살 수 있는 처절한 싸움이었다. 이제 내 정신세계가 말끔하게 맑은 정신으로 돌아왔다. 그동안 나를 혼란으로 몰아넣고 괴롭혔던 허상들은 결국 내 앞에 무릎을 꿇었고 나는 본모습을 찾았다.

스님을 만나지 않았다면 흐트러질대로 흐트러진 정신세계를 바로 정립하기 어려웠을 것이다. 이제 허상의 게임은 종료되었다. 그 우쭐한 마음에 절을 찾았다. 나는 종교의 문을 돈으로 두드리지 않는다. 부처님 주위를 쓸고 닦고 몸으로 행하며 부처님을 기쁘게 한다. 마음에 들도록 구석구석 청소하고 나면 가슴이 확 트이는 것 같아 좋다.

겨울에 내린 눈이 마당에 산더미 같이 쌓여 누구 한 사람 엄두를 내지 못하던 일을 혼자서 다 치운다. 이제 긴 겨울이 가고 동안거도 끝났다. 마음을 닦듯 주위를 쓸고 닦고 치웠다.

"방심은 금물입니다. 거짓은 더 교묘하게 다른 형태로 접근할 것입니다. 그리 부처 되는 일이 쉽다면 부모 자식을 왜 버리겠습니까. 기쁨과 슬픔은 한순간 지나가는 바람과도 같은 것이지만 그 바람이 머물러 있게 틈을 내어주는 어리석음은 없어야 합니다. 정신적 환란은 한 번에 끝나지 않으며 계속 이어질 확률이 높습니다. 어느 한순간에 마음을 뺏겨도 모르는 것이 습관입니다. 거짓의 실체는 가랑비에 옷 젖듯 스폰지에 물이 스며들 듯 알지 못하는 순간에 스며들어 병을 유발합니다. 그럴 때는 그 한 사람을 몰락시키는 것이 아니라 그 가정을 흔들고 결국은 사회까지도 병들게 하는 무섭고 비인간적인 것이 마귀의 세계입니다. 그 세계는 인간과 떨어질래야 떨어질 수 없는 자신과의 싸움으로 풀어야 하는 화두의 세계입니다. 자신이 마음의 주인이 되어야 모든 환란의 원인을 바라볼 수 있고 대처 할 수 있습니다. 마음을 다스릴 수 있는 무기가 있다면 달라집니다. 그 시간이 얼마든 무기를 지닌다면 거짓의 세계는 무너지고 맙니다. 마음을 바로 바라볼 수 있는 무기가 바로 믿음입니다. 그 무기는 탐내는 것이 아니라 내 것으로 만들어야 합니다. 누구나 가질 수 있지만 방법을 모르고 제대로 쓰는 법도 알지 못합니다. 그 기술을 가진다면 자신이 곧 부처라는 것도 알게 되고 그것은 만병을 다스리는 약이 되어 건강하게 사는 비결이 될 수 있고 성불의 길이 될 수 있습니다."

스스로 자만의 싹을 잘라버리는 처절하고 잔혹한 수행을 암시하는 것이다. 끝이 없을 것 같은 도전은 내가 하고 싶어 자청한 것이 아니다. 춤바람으로 시작되었던 그 날의 우연으로 만들어진 인연이다. 처음부터 나의 귀를 의심하게 했던 말이 있었다.

"세상에 나의 것이라곤 하나도 없다"라고 했던 스님의 말씀에서 시작되었다.

나의 몸도 내 것이 아니라는 진리 앞에서 한 점도 남기지 않기 위해 비워 내야 하는 부처의 세계는 참도 거짓도 부처도 없는 허공과 같이 걸림이 없는 길이어야 한다는 거였다.

이미 비우고 비워내는 반복된 일상에 발을 들이고 말았다. 마흔 초반에 들어선 나이가 되자, 그동안은 거짓을 버리기 위해 용을 쓰고 살았다면 이제는 내가 원했던 것으로 채워보고 싶어졌다. 우선 채워보고 버려도 버릴 것이다. 한 가닥 희망으로 열의를 다했던 붓글씨가 그 경험이었다. 채워보고 싶은 것을 채워보지 않고 미리 마음에서 버린다면 후회를 남기고 말 것이다. 새로운 것에 도전해 보려는 희망은 채워보지 못한 것이 있기에 본능에서 오는 자연적 발상이다. 그것은 예상할 수 없는 곳의 경계이기에 의문은 계속된다.

비움의 실체는 우주를 공유한다. 무한의 창의성을 무의식으로 받아 내 것으로 삼았다가 비워내는 깨달음의 경지는 생각하여도 생각한 게 없는 무위법이다. 마음을 점검하여 아는 것을 다시 한번 생각하는 것, 일체 생각에서 없어지지 않는 모든 현상을 바로 볼 줄 아는 인과를 초월한 가상 인식이 항상 까슬하게 세워지고, 언제나 안으로의 나를 바로 관찰하여 바라볼 수 있는 경지를 도의 경지라 한다.

무엇인가 기다린다는 것은 즐거움이다. 표구사에 맡긴 병풍이 완성되어 오면 어떤 마음일까. 그 날의 꿈이 한순간의 환상이라 해도 그만큼 노력한 마음은 나만의 자부심으로 그 가치는 여전히 남아 있어야 한다. 그 역할에 부족함이 있었다해도 가족이 있었기에 가능한 일이었다. 아침 7시에 아이들과 남편이 나가고 나면 나는 조용히 앉아 40분 동안 먹을 갈아 붓글씨를 쓴다. 저녁이 되면 각자 자기들 방에서 조용하게 무엇들을 하는지 나는 나대로 거실에 앉아 끊임없이 붓글씨를 쓰고 밤 12시가 되어서야 잠을 잔다. 먹을 갈고 또 갈아, 쓰고 또 쓰는 그 시간만은 오롯이 무의식으로 향하는 나의 시간이었다.

수강생으로 들어갔던 서예학원은 두 달로 끝을 맺고 학원에서 준 체 본으로 독학을 하였다. 어떤 날은 마음에 들고 어떤 날은 속상하여 갈등을 겪으면서도 체 본의 글씨체를 닮아보려 쓰고 또 썼다. 어느 날 사찰을 방문한 사람과 귀한 인연을 맺게 되었다. 호의적인 관심으로 나를 대해 주었던 그분은 전국의 사찰을 돌아다니며 사찰의 글씨체들을 카메라에 담아 자신의 글씨체로 만든다는 서예가였다. 스님과 겸상을 하여 식사를 하였고 스님 방 벽에 걸린 "사명대사"의 필체를 보고 놀라 가슴이 뛰었다고 했다. 전국 사찰을 돌아다녔지만 이런 작은 암자에 선사의 귀한 글씨체가 있을 줄 몰랐다며 기적이라 했다. 그분은 사명대사의 글씨체를 카메라에 담아도 되는지 스님께 허락을 받았다. 그분이 스님께 글씨의 내용을 물었다. 나 역시 스님 방에 걸려있는 글씨의 내용이 궁금하여 어느 날 용기를 내어 스님께 물어본 적이 있었다.

"사명대사가 조선과 일본의 바닷길 전쟁을 종결하기 위한 협상으로 일본으로 떠날 때 3개의 구슬을 가지고 갔다. 전쟁 귀신 도쿠가와의 계략으로 세 번 목숨을 잃을 뻔하였는데 극적으로 3개의 구슬이 사명대사의 목숨을 구했다는 글귀다. 사명대사의 도력에 감탄한 도쿠가와는 조선에 저리 훌륭한 도인이 있었던가 감탄하며 전쟁 종결의 협상을 하였고 그 후 300년 동안 일본의 침략이 없었다"고 스님은 말씀해주셨다. 내용을 듣고 서예가 선생님은 흡족한 마음으로 나에게 자신이 쓴 붓글씨 몇 점을 내어놓으며 가지라고 했다. 나는 고맙다는 인사로 그 자리에서 펴 보았다. "구, 룡, 호" 세글자가 그림처럼 화선지 한 장을 채웠다. 지금까지 신문에다 연습만 하였지 실제 화선지에 써볼 수준이 되지 않았던 나로서는 그분의 글씨체를 보는 순간 가슴이 두근거렸고 눈에서 불꽃이 일었다.

붓으로 글씨를 쓴 것이 아니라 붓으로 그린 그림체와 같았다. 그분과의 인연으로 받은 체 본은 나의 시야를 넓혀 주었다. 선생님의 글씨체는 글씨 하나가 화선지 반 장을 채우기도 하고, 한 장을 채우는 드문 솜씨였다. 나는 선생님이 쓴 글씨 체본을 받고 가슴 두근거리며 간직하였다가 어느 날 내 것으로 만들어보자는 용기가 충만하여지자 연습에 들어갔다.

부처님 도량에서 귀인을 만나 보도 듣도 못했던 붓글씨체를 얻게 되고, 나의 글씨체로 다시 재정립하는 계기가 되었던 것이다. 그분과의 인연의 끈은 3년 동안 이어졌다. 그분의 글씨체를 받는 날이면 예의를 다하고 받는 체본을 작은 성의로 표현하면서 손에 넣었다.

　감히 바라볼 수 있어도 내 손으로 써본다는 것이 무서웠지만 용기가 부추기는 대로 행하지 않는다면 무엇에 쓰겠는가. 대나무 "죽"자 한 글자가 화선지 반 장에 작품으로 남는 것도 따지고 보면 그 시작은 한 획부터. 체 본을 받고 내 것으로 만들기 위해 밤낮의 시간을 아끼지 않았고, 열정은 정진으로 이어졌다. 체 본 하나에 접근한다는 것은 떨림의 시작이었지만 하얀 종이도 아닌 신문지에 한 획을 담아보는 시작은 나의 것으로 만들기 위한 첫 시도였다. 먹물이 만들어가는 한 획 한 획의 글씨체가 완성되면서 나의 가능성은 빛으로 왔다. 그렇게 선생님의 글씨 체 본을 받아 열중하였는데 어느 정도 연습으로 선생님의 글씨체는 내 것이 되어 화선지에 쓸 수 있었다. 선생님의 글씨체가 내 붓끝에서 하얀 종이로 옮겨졌고 살아 있는 양 글씨에 힘이 느껴져 흡족하였다.

　그 자신감을 이어 병풍 글씨를 써보고 싶다는 욕심이 생겼다. 언젠가 절에서 만난 사람의 집을 방문하게 되었는데 문을 열고 들어서는 순간 거실에 세워져 있는 병풍 글씨가 눈으로 다가왔다. 글씨는 금색으로 쓴 반야심경이었다. 나도 모르게 그 자리에 선 채로 반야경 글씨체를 볼펜으로 그려와 간직하였던 기억이 났다. 귀하게 간직했을 뿐 내가 써 볼 거라는 생각은 하지 못했는데 다시 찾아서 펴보니 반야경은 다섯 가지 글씨체로 인용되어 있었다.

마음이 부추기는 대로 그려왔던 것이 결국 밤낮의 연습에 연습을 걸쳐 화선지 여덟 장에 가득 찼다. 써 놓은 반야경을 안방에 펼쳐 놓았더니 방 전체가 그윽하다. 보는 것만으로 스스로 대견스러워 퇴근한 남편에게 보여주며 자랑하였다. 남편에게 어떠냐고 물었다. 틀림없이 잘 썼다고 하겠지. 남편도 불교에 대한 관심이 높은 터라 붓글씨로 쓴 반야심경을 찬찬히 들여다 본다.

얼마나 힘들게 연습하였던가. 병풍은 누구나 할 수 있는 것이 아니라는 걸 알기 때문이다. 거대한 글자 숫자에 압도당할 때도 있었지만 두려움을 떨쳐낼 수 있었던 강심을 나 말고 누가 알 것인가. 남편의 칭찬을 기대해 볼 순간이었다. 남편은 모든 면에서 세심한 사람이다.

"글자 세 자가 빠졌는데? 빠지면 안 되잖아."
"그럴 리가? 한 자 한 자 확인하며 썼는데.."
"다시 확인해 봐."

냉정한 대답이다. 전신에 힘이 쫘악 빠져나간다. 병풍을 만들어보겠다는 생각은 해보지도 못했고 할 줄도 몰랐다. 그저 나의 무식의 한 부분이라도 채워보기 위해 붓글씨를 택했을 뿐이다. 인연의 바람은 그렇게 나에게로 와 남의 집 병풍을 보는 순간 반야경 260자를 그려왔던 것이 예상하지 못한 결과로 나타났다. 그 희열이 자랑으로 연결되려는 순간 남편은 고생했다는 말 한마디가 없다. 그저 세글자가 빠져 있다고 지적할 뿐.

나름 한문에 능통한 남편이다. 분명 한 자 한 자 확인했을 것이기에 솔직히 할 말은 없다. 한 글자라도 놓칠까 그리 확인하고 확인하며 심려를 다해 썼지만, 글자가 세 자나 빠져 있다는 건 다시 써야 한다는 말이다. 남편이 잘못 볼 수도 있지 않을까 하는 생각이 들었다. 어렵게 써진 병풍을 한 자 한 자 다시 확인해 보니 팔 폭 병풍 두 개 분량의 16장에서 각각 글자 세 개씩 여섯 자가 빠져 있다는 사실을 확인하고 놀랐다. 어찌 이런 일이! 한편으론 남편이 고맙기도 하고 또 한편으론 얄밉기도 하다. 며칠을 생각해도 포기할 수 없는 게 세 글자의 수수께끼다.

개금과 아교풀과 먹물을 배합하여 쓰는 과정이 너무 힘들었기에 처음부터 다시 시도해야 한다는 것에 몸과 마음을 다스려야 했다. 더 세심하게 쓴다면 한 글자도 놓치지 않을 것이다. 그런 각오로 시작하여 처음 시도보다 더 오랜 시간을 들여 완성하였다. 첫 자부터 260자까지 한 자 한 자에 매순간 집중하였다.

드디어 다시 채운 화선지 여덟 장을 안방에 펼쳐 놓았다. 두 번째의 배합은 첫 번째보다 글씨체가 더 선명한 게 마음에 든다. 방 전체를 차지하고 있는 글씨를 보고 쉴 겨를도 없이 한 자 한 자 확인해 나갔다. 신기하게도 각기 다른 곳에서 세 글자가 또 빠져 있는 것이 아닌가. 확인하며 쓰느라 얼마나 힘들었는데 또다시 세 글자가 빠져 있다니 허탈하면서도 신기하다는 생각이 들었다. 그것은 분명 글씨가 잘못된 것이 아니라 아직 완성된 글씨체가 아니니 더 정진하여 완성된 글씨체가 되도록 노력해야 한다는 부추김의 훈계라는 걸 알게 되었다.

몸이 부서질 정도로 노력하였다는 걸 나 자신이 누구보다 잘 알고 있다. 나의 시간 활용에 게으르지 않았고 신문지로 연습하여도 먹물 가는 40분을 철저히 지켰다. 나만의 속내로 내 글씨에 대한 믿음을 그렇게라도 표현하고 위로하였다. 그래도 나의 글씨체를 보고 싶은 마음에 덜컥 표구사에 맡겼다. 몸살로 누웠다가 훌훌 털고 일어날 수 있었던 게 고맙고 무엇보다 병풍을 빨리 보고 싶었다.

나는 구시대를 살아 온 사람이라 내 삶 전체가 때론 병적인가 싶을 정도로 타고난 절약형이다. 서예학원 두 달 다니면서 보고 느꼈다. 그들이 연습장으로 쓰는 화선지 한 장 한 장이 돈으로 연결되면서 학원을 그만두게 되었다. 다행히 남편이 모아다 준 신문지로 다시 연습을 시작하였고 그 연습한 신문지가 다락방을 가득 채울 정도로 쌓여갔다. 화선지 반쪽에 반야심경의 첫 글자 "반" 자로 시작하는데 용기와 심려의 깊이 없이는 해낼 수 없는 작업이었다.

병풍 글씨체가 금빛이었기에 어떻게 만들어야 하나 고민하다가 불교 물품 파는 곳에 가보자는 생각이 들었다. 정보를 모르는 나는 그곳 사장님에게 물었다. 붓글씨로 병풍을 만들려는데 어떻게 하면 되는지, 금가루를 썼던데 여기에 있느냐고 물었다.

일본식 개금과 중국식 개금이 있는데 중국 개금은 검은 쪽이고 일본 개금은 밝은 쪽이라며 두 가지를 보여주었다. 눈으로 보기에 두 가지를 배합하여 쓰면 좋을 것 같았다.

"스님들은 두 가지를 겸하여 쓰는 것 같았습니다."

사장님이 덧붙이는 말에 확신을 갖게 되었다.

"두 가지 다 주세요."
"먹물의 글씨체를 보존하려면 아교풀을 끓여서 섞으면 돼요."

 한 번도 해본 적 없는 기술로 병풍을 만들어야 했지만, 원재료인 개금 가루를 구입했다는 것만으로도 뿌듯하고 기뻤다. 원하면 이루어진다고 했던가. 예상치 못한 용기가 생겨나고 이끌린 듯 향해 가고 그 길을 가는데 있어 불안이 없었다는 건 놀랍고 감사한 마음이다.

 이제 연습한 글씨를 옮겨 쓰기만 하면 된다는 생각에 아교풀을 녹여 곱게 갈아놓은 먹물과 금가루 두 종류를 배합하니 고운 색이 나와 흡족했다. 화선지 네 장을 반으로 잘라 여덟 장 종이를 만들고, 글자 한 자 한 자에 정성을 다했다. 강릉엔 좋은 화선지가 없었기 때문이다.

 서울에 사는 동생에게 부탁하여 질이 좋고 넓이와 길이가 다른 화선지를 주문하여 사용하였다. 그동안 무아의 경지에서 쓰기만 하여도 좋았던 붓글씨는 병풍이 완성되어감에 따라 무엇을 더 바라랴 하는 마음이 들었다. 붓글씨에 심취하여 허술했던 집 안을 청소하고 가족을 위한 밑반찬을 만들고 남은 시간 부처님 도량을 말끔히 청소하며 안으로의 공부도 게을리하지 않았다.

"계십니까."

누군가 문을 두드린다. 병풍이 완성되어 배달되었다. 표구사에서 가져온 병풍을 거실 기둥에 세워 확인하였다. 좋았다. 꿈 해몽이 맞든 안 맞든 가슴이 두근거린다. 소중하니까 접어둘까, 펴 놓을까 생각하다 안방과 거실 사이 벽면에 자리를 잡아 세웠다. 거실이 훤하다. 내가 이런 재주를 가졌나 싶은 마음이 차오르며 자랑스러웠다. 현관문을 열고 들어오면 바로 병풍이 보여 집 전체를 달리 보이게 한다. 문을 열고 나갈 때나 문을 열고 들어올 때나 환하게 보이는 병풍을 보며 한가지 이룬 것인데 전체를 이룬 것처럼 만족하였다.

 절과 집을 오가며 앞, 뒤, 옆으로 향하던 마음을 접고 화두 탐구에 적극 혼신의 정성을 쏟았다. "나는 누구인가" 질문을 계속하며 안으로의 탐구에 열중하였다. 정신적 혼란 속에서도 거짓이 만들어 내는 마음의 장난 때문에 힘들었던 내 몸과 마음이 지금도 무엇엔가 이끌리어 절과 집을 오가는 것이려니 생각하고 그 무엇인가의 힘의 근원을 찾으려고 그 앎에 대한 탐구에 열중하며 살았다.

 나의 일상은 자연스레 절과 연결되었고, 어느덧 노스님 일을 총체적으로 돕게 되었다. 1년의 동안거와 하안거 기도 예불에 목탁을 치고 종을 쳐 스님의 기도를 도왔고 스님의 행자인 듯 심취하여 집과 절을 오가며 살았다. 그런 날이 일상이 되어 살면서 어느 날 오후 집의 거실문을 여는 순간 마주 보이는 병풍 글씨에 안개가 하얗게 서려 있는 것을 보았다. 스치듯 잠시 머물렀던 까슬한 안개 같은 기운은 금방 사라졌다. 병풍 글씨에 안개가 서려 있는 것을 목격하고 나는 언젠가 들어 봄 직한 말이 떠올랐다.

"심려를 다한 붓글씨는 집에 걸어 두면 액운을 막아준다"는 말이었다.

사실 쥐들의 등장으로 병풍 글씨가 살아있다는 것도 허상의 논리라고 집착하지 않으려 하였다. 그러나 또다시 보여지는 사락한 안개의 정체는 무엇이었을까.

처음부터 불교의 진리를 바로 배우지 않았다면 기고만장으로 내 글씨에 대한 자랑을 떠벌려 놓았을 것이지만 마음에서 일어나는 거짓의 형태를 누구보다도 더 깊이, 독하게 체험한 나로서는 어떠한 일도 한낱 그림자와 같다는 허무를 배워 알기에 뭐 그리 오래도록 즐거워하고 자랑스러우랴 하며 들뜨는 마음을 눌러 무덤덤으로 지내고 있었다. 그런 와중에 나타난 병풍의 기운은 예사롭게 넘길 일은 아니었다.

절에서 이런 일도 있었다. 스님이 3층 탑 앞에 앉아 솔잎을 줍는 모습을 먹물로 그림을 그렸다. 그 그림을 귀하게 생각하여 액자에 넣어 스님께 자랑하였던 적이 있다. 스님은 그냥 무덤덤으로 일관하시더니 이튿날 절을 찾아온 누군가에게 줘버렸다고 했다. 스님의 깊은 마음은 이해했다. 제자의 마음에 잘난 척하는 마음, '아상'을 키울까 염려하여 그리했을 거라고.

어느 날은 기도에 맞춰 막 절도량에 발을 들이려는 순간 스님이 마당 앞에 서서 마당에 발을 들이려는 나를 무서운 얼굴로 쏘아보고서 있었다. 그 모습을 보는 순간 나는 상상할 수 없는 무서움에 가슴이 무너졌다. 처음 만남에서부터 그날까지 온화했던 스님의 모습은 찾아볼 수 없고 본적 없는 냉담한 무서움이었다. 내게 무엇인가 잘못이 있는 것인가? 도망치듯 집으로 돌아왔다. 스님의 그 무서운 얼굴은 무엇이었을까. 나는 왜 쫓기듯 돌아서 와야 했던가. 이유와 답을 찾아야 했다. 아무리 생각해 보아도 잘못한 것이 한 가지도 없었다. 한가지 잘못한 것이라면 며칠 전 스님을 붓 그림으로 그려 액자에 넣어 보여준 것이 잘못이었나 하는 생각을 하였지만 그런 게 아니라는 걸 알았다. 신앙의 깊이는 마음대로 들여다 볼 수 없는 것이라 하지만, 한 단계씩 나아가려면 그 대가를 치러야 문을 열어준다는 것을 나는 미리 알고 시작하였기에 스님의 행동은 스님의 본 마음이 아니라 나의 신앙의 깊이를 시험하기 위한 수호 신장님의 훈계였음을 깨닫게 되었다. 아무 잘못이 없다면 무엇에도 걸림이 없다. 그만큼 노력했으니 이만한 것에 무너지겠느냐며 생각한 것이 시험의 문을 통과하게 되었다.

신앙의 뿌리가 온전하게 내리려면 그만한 믿음과 끈기가 있어야 한다. 그 과정에서 다른 욕심에 치우치지 않는다면 자유를 얻어 행복할 수 있다. 불가에선 그 끈기에 동참하여 도와준 마귀를 부처라고 높게 말한다. 그런 방해와 시험의 과정이 내면의 성장을 도와주는 것이기에 부처님은 그들도 부처라고 칭한다. 그런 과정을 지켜주고 도와주는 역할이 부처님 다음으로 신장님이다. 신앙인의 신변을 보호해주는 신장님은 신앙인이 안정하게 수행할 수 있게 책임지고 지켜주는 개인 수호신의 역할도 한다.

신앙에 물이 오른 사람이라도 그 순간 스님의 눈총을 보고 놀라 그 이유를 생각해 보지 않고 스님을 원망하며 다시는 이곳에 발을 들이지 않겠다고 한다면 지금껏 공들여 온 염불이 공 연불이 될 수도 있다. 절을 수호해야 하는 신장님은 그 의무를 다해야 하기에 올곧은 신앙의 힘을 방해하는 것을 막아주기도 하지만 끈기에 맞은 흉계로 시험에 들게 하는 역할도 한다는 것을 알아야 한다.

　나는 평소 신장님의 보호를 받는다는 것을 느껴왔다. 그러기에 두렵지 않았다. 어두운 곳에 있어도 무섭지 않다. 돌아서 걸어오면서 일심으로 생각하고 생각한 끝에 깨달음의 순간을 해답으로 얻었던 것이다. 다시는 절에 발을 들이지 말라 경고하려던 스님의 얼굴은 나를 시험하려는 것에 불과했다. 깨달음의 순간을 맞아 눈물은 당연한 절차이다. 다음 날 아무렇지 않게 절에 발을 들였다. 언제 그랬느냐는 듯이 스님의 얼굴이 자비로운 부처님 모습이다. 그렇게 어려운 시험을 통과하였다.

　신앙은 정직과 끈기로 마음을 다하여 진리를 찾아가는 것이지 돈이나 허세로 만들어지는 것이 아니다. 어떤 끈기로 대처하느냐에 따라 마음에서 오는 적을 소멸하고 평정을 찾아가다 보면 진리는 내 것이 된다. 그것을 알지 못한다면 신앙은 수박 겉핥기에 불과하여 사람을 의롭게 하지 못하고 불신을 주게 된다. 삶의 방향은 아무도 모른다. 가야 할 길을 잃어버린 중생을 바른길로 인도해 준 스승의 가르침에 나는 예의를 다하고자 한다. 내가 미쳐갈 때조차 바른길에서 바라볼 수 있게 길이 되어 준 고마움에 대한 보답으로 스님과의 십 년의 인연동안 정성을 다했다. 이제 스님과의 인연의 끈이 끝나야 할 할 때를 알고 어느 눈이 펑펑 쏟아지던 날 스님께 삼베를 올리며 이별을 고했다. 스님은 눈시울을 붉히며 이별을 막지 않았다.

"스님, 제가 어디에 있어도 스님의 가르침에 해가 되지 않도록 잊지 않겠습니다."

 의심과 긍정의 시간을 넘어 운명적 만남으로 이어진 관계였다. 자존심으로 뭉쳐있던 왜곡된 나의 삶이 봉사의 정신으로 탈바꿈하면서 즐거움을 느끼게 되었을 때는 몸을 아끼지 않았다. 옆도 앞도 뒤도 돌아보지 않고 내 안에서 봉사의 정신을 받아 키웠다. 그 세월 동안 어려움도 있었지만 기쁨도 있었다. 병풍을 완성하며 만났던 꿈속의 쥐들은 희열을 느끼게 하였고 나도 할 수 있었다는 자신감을 갖게 했다. 싸락한 안개를 만난 후, 이제는 병풍에 대한 생각은 믿음과 허상의 중도에 두고 집착하지 않기로 했다.

 꽃 진 가지에 새잎으로 장식하는 것은 당연한 이치다. 그 봄날 나에게도 한 통의 전화가 왔다.

"누나, 독학으로 중학교 과정을 공부해봐."

 어느 날, 서울서 화선지를 대어주던 남동생이 전화를 걸어 왔다.

"어떻게 하면 되니?"

 생각해 보고 말 것도 없이 바로 다음 질문으로 이어졌다.

"서점에 가면 중학 과정의 책이 있을 거야. 일단 가서 알아봐."

뜬금없이 하는 동생의 말이 어쩌면 부처님 말씀일지도 모른다는 생각이 들었다. 용기를 내어 눈에 익어있던 서점을 찾았다. 어떻게 말을 꺼내야 하나 망설이던 내게 서점 주인이 먼저 묻는다.

"뭘 찾으세요?"

이 나이에 중학 과정을 배우려 하는 사람도 있을까 하는 창피함이 잠시 망설이게 했다.

"독학으로 중학 과정을 배우고 싶어서요."
"아, 그러세요. 홍제동에 야간 중학교가 있다던데 거기 한번 가보세요."

나는 왜 야간학교가 있다는 것을 알지 못했을까. 알았다면 그리 오래도록 배우지 못한 마음에 허전하게 살아가지는 않았을 것을. 속은 좀 상했지만 이제라도 알았으니 주저할 시간이 없었다. 급한 마음에 집으로 돌아와 전화번호부를 찾아보았지만 학교라고 뚜렷한 이름이 적혀 있지 않았다. 그럼에도 한곳에 전화를 걸었다. 야간학교였다. 마흔이 넘은 나이에도 학교에 들어갈 수 있는지 물었다.

"나이는 상관이 없습니다. 언제든 오세요." 라고 답해준다.

마흔의 나이에도 학교에 다닐 수 있다는 말에 기쁨인지 슬픔인지 챙겨볼 시간이 없었다. 한걸음에 버스를 타고 홍제동에 있다는 야간 학교를 찾아 교무실 문을 열었다.

"이번 학기는 시작한 지 두 달이 되었으니 해가 바뀌고 새 학기에 입학하시면 됩니다."
"아뇨, 저는 내일 당장 학교에 다니고 싶은데요."

당황했을 지도 모른다. 마흔이 되도록 뭐하다가, 오늘 당장 입학을 하고 싶다는 건지. 교무실 문을 열고 나왔다. 바로 초등학교 졸업 증명서를 떼기 위해 버스를 탔다. 설레는 가슴을 누르고 오랜만에 그리워했던 초등학교 교정을 찾았다. 교정에 들어서는 순간 어린 시절의 추억이 반긴다. 마당 가장자리에 서 있는 나무들을 바라봤다. 어릴 적 나무들은 아니다. 세월이 그만큼 지나갔다. 나무 밑으로 자리를 깔고 운동회를 즐겼던 부모님과 친구들이 거기서 웃고 즐거워하는 모습이 보이고, 아이들의 신난 함성이 들린다.

나는 천천히 걸어서 교무실을 찾아 37회 졸업생 증명서를 떼러 왔다고 말했다. 졸업한 지가 얼마든 어릴 적 추억이 교무실에도 있었다. 아침 조회 시간에 맨 뒷자리에 서 있는 나의 모습을 본다. 37회 졸업생들은 다 어디서 무엇으로 살고 있을까. 6년 동안 함께 했던 친구들의 얼굴이 새삼 그리워진다. 졸업증명서를 들고 교무실을 나오는 나는 그 나이에 졸업증명서는 무엇에 쓸려나 하는 궁금증을 남기고 선생님의 배웅을 받았다. 언제 또 올 수 있을까. 여태 한번 와 보지 못한 미안함에 나무 밑 의자에 가 앉았다.

여름 방학 때가 되면 안개가 자욱한 아침에 마을에 모인 아이들이 빗자루 한 개씩을 들고 마을 길을 쓸었던 기억이 생생하다. 졸업 후 반 아이들이 중학교 교복을 입고 무리 지어 집 앞을 지나 학교로 가는 것을 보고는 그들이 부러워 동생을 업고 숨어서 바라보던 내 모습도 시리도록 생생하다.

어머니가 마흔 둘에 낳은 늦둥이 동생이었다. 그때 어머니는 세 딸을 시집보내 사위를 본 상태였다. 자식을 갖는다는 게 창피하여 별짓을 다 했다는 소리를 훗날 어머니에게서 들었다. 그럼에도 동생은 태어나야 할 목숨이었다. 하지만 동생이 태어나는 바람에 나는 학교도 제대로 못 다녔고 어릴 적 친구들과 마음대로 놀지도 못했다. 그 동생이 커서 누나를 다시 학교로 이끌어주니 인생은 모를 일이다. 평생 꿈으로만 생각했던 배움의 길이 동생의 전화 한 통으로 현실이 되었다. 어릴 적 내 등에서 떨어지지 않고 매달려 엄마 품을 느꼈던 그 동생이 있었기에 늦은 것이 아니라 빠른 것이라고 생각한다. 초라하고 가슴 허전했던 유년 시절에 그렇게 위로와 용기를 북돋아 주고 버스를 타기 위해 초등학교 교정을 나왔다.

등교 시간이 가까워진 교실에 들어가 다짜고짜 졸업증명서를 내미는 눈빛을 야간학교 교장 선생님은 막지 못했다. 새롭게 붙여진 이름 중학 1년생. 나는 마치 전학 온 사람처럼 어색하게 교실에 들어섰지만 중학교 1학년 급우들 모두 손뼉을 치며 환영해 주었다. 그들과 또래처럼 금방 친해지기는 무리겠지만 어색하지 않게 대해 주는 그들이 고마웠다. 이미 반을 이룬지 두 달이 되어있는 상태였던 1학년 학생들이 나이 든 엄마 아빠 학생을 받아들여 주고 웃어 주는 모습이 아름다웠다. 무엇을 하여도 채울 수 없었던 배움에 대한 열망이 결국 내 인생에서 실현되는 순간이 온 것이다.

꿈에 부풀었던 학교생활이었지만, 현실적인 문제가 생겨났다. 야간 학교인지라, 저녁 시간 홍제동에서 포남동까지 차편이 문제였다. 처음에는 서로 차편을 도와주며 화합하는 분위기에 도움을 받았지만, 언제까지 남의 신세를 지고 다닐 수는 없다는 생각에 운전면허를 따기 위해 도전하였다. 두 달 만에 면허를 취득하고 스틱으로 된 중고차를 사서 겁도 없이 운전을 시작했다. 여러 번 작은 사고를 냈지만 내가 원했던 만학의 길인지라, 사고가 난다 해도 운전대를 놓을 일은 없었고 당시의 나는 무엇에도 두려워하지 않았다.

학교생활에 심취하여 거실에 놓아둔 병풍에 대해 거의 잊고 있던 찰나에 이상한 일이 생겼다. 아이들로 인해 병풍이 찢어질지도 모른다는 염려로 병풍을 접어 둔 지 며칠 되지 않아 남의 차가 내 차를 들이받으면서 대형 교통사고가 났다. 내 차는 폐차되었다. 사고의 순간, 앞에서 차가 왔었다면 나도 죽을 수도 있었는데 다행히 멀쩡했다. 사고 후 병풍에 대한 생각이 많아지면서 원래대로 병풍을 다시 펴서 거실에 세워 두었다. 시간이 지나면서 사고의 두려움이 흐릿해지자 또 찢어지면 어쩌나 하는 마음에 접어두었더니 다시 또 사고가 났다. 면허도 없이 오토바이를 탄 학생이 신호를 위반하여 직진으로 가는 나의 차를 사정없이 들이받아 차 한 쪽 부분이 다 망가지는 사고를 당하면서 병풍에 대한 의문이 더 커졌다. 병풍을 또 펴 놓아야 하나. 하지만 병풍을 접어서 사고가 났다고 할 수도 없고 아니라고 할 수도 없어서 그것이 무엇이든 병풍에 대한 집착이 만들어 낸 것이라면 그냥 접은 대로 두는 게 맞았다. 그 후 병풍에 대한 생각을 지우고 방구석 한쪽에 오래도록 세워 두었다. 무슨 일이 생겨도 병풍과는 상관없는 일이라고 생각하며 점차 그 존재를 잊어갔다.

 두 번의 사고는 언제나 학교 끝나고 집으로 오는 밤길에 났지만 나의 몸은 크게 다치지 않아 결석 한번 하지 않았다. 나에게 대형사고의 무서움과 후유증은 학교를 가야 한다는 의지와 마음을 이기지 못했다. 중학 3년을 교과 과정보다 도서관에 있는 소설책에 빠져 살았다. 그럼에도 한 구절 명언 한마디 머리에 남아 있지 않다는 건 신기한 일이다.

 고등부가 시작되면서 학업에도 차질이 생겼다. 기대하고 기대하여 여기까지 올라왔지만 고등부에 교생 경험을 쌓기 위해 실습 나온 대학생들의 수업이 머리에 들어오지 않았다. 중학 과정과 달리 영어와 수학의 난이도가 상당히 높아져서 따라갈 수 없었다. 내 머리의 한계로 받아들여야 했다. 게다가 실습 나온 선생님의 수업이 전적으로 칠판에 써놓은 필기 위주로 진행되는 바람에 점점 멀게만 느껴지고, 그렇게 공부에 닿아 있지 못한 것에서 오는 스트레스가 점점 가슴을 조여왔다.

 더 배울 것인가에 대한 의문이 들기 시작하였다. 고등학교 3년을 어찌 감당해야 하는지에 답을 찾아야 했다. 얼마나 바라던 시간인데 여기서 그만둔다면 앞으로 후회할 날을 감당할 수 없을 것이다. 또다시 후회하지 않으려면 등교와 하교라도 착실히 하고 학생으로서 일과에 충실하자고 생각했다. 머리로는 한계가 왔지만 끊임없이 뭐라도 최선을 다해야 한다는 것을 안다. 배워서 이걸로 출세할 나이도 아니란 것이 나름의 여유를 주었다. 사실 공부의 목적은 처음부터 소설가가 되는 것으로 정해진 터였다.

 글 쓰는 것이 좋아서 소설가가 되고 싶었다. 나이 들어 학교에 들어올 용기를 내었던 것도 소설가의 꿈이 있었기 때문이다. '그 희망으로 버텨 보자'는 마음을 다독여 생각을 바꾸니 수학 문제 풀이도 영어 시간에도 마음이 편해져 갔다.

 학생의 본분은 공부에 있다지만 공부할 나이가 한참 지난 머리에 새삼스럽게 새로운 지식과 학문을 받아들이고 주입하는 건 쉽지 않았다. 공부에 대한 욕심은 과욕이라 생각하고 이미 쉽고 쉬운 문장으로 채워진 머릿속은 주입식 논리에 부딪칠 수 밖에 없었다. 어린 학생들의 트인 사고가 마냥 부러웠다. 교단에 선 선생님과 눈을 마주치고 과목 숫자대로 봉사해 주시는 선생님의 고마움을 가슴에 새기며 존경해야 했다. 봉사 중에 으뜸으로 꼽을 수 있는 배운 것을 나누는 마음은 실로 위대한 것이다. 그것도 야간학교라는 환경에서 밤마다 기다려주는 학생들을 생각하여 자신을 희생하고 헌신하는 선생님들의 고마운 마음은 언제까지고 가슴에 새겨야 했다.

 기쁨과 설레임, 체념과 갈등을 겪어가며 버틴 고등부 3년이 어느새 지나가고, 수능 시험날이 내일로 다가왔다. 대학 진학을 못하는 학생일지라도 6년 동안 한결같이 기다려온 수능 날은 나름 자신의 능력을 시험해 보는 날이다.

"나가세요! 학부모는 시험장에 못 들어갑니다."

무엇으로 보나 학부모였다. 시험장으로 들어가려는 나를 교문 앞에서 제지한다. 주머니에 꼭 넣어 두었던 수험표를 꺼내 보여주고 당당하게 들어가는 나의 모습은 지금도 짜릿하다. 누가 보아도 아름답지 않은가.

겨우 하루 4교시 수업으로 어찌 다른 학생들과 똑같이 겨룰 수 있을까. 모르면 무조건 같은 번호만 찍으라던 선생님의 임기응변식 지도를 웃어넘겼다. 수험생은 어떤 방식으로든 하루의 목적을 달성할 것이다. 수학과 영어 문제는 배운 적이 없는 것처럼 무조건 찍어야 한다고 생각하니 그 찍는 번호가 또 고민이다. 수학은 아예 모르니 무조건 찍었다. 영어 문제는 들어본 단어가 나오면 무조건 찍었다. 젊은 학생들 틈에서 창피한 줄도 모르고 하루의 시간을 공유하며 같은 시험지를 앞에 두고 가슴을 조였다. 얻을 결과는 물론 천지 차이리라. 그럼에도 지난 6년의 시간은 분명 나의 시간이었다. 그것으로 만족하자. 무엇을 더 바라랴. 아이들과 대등하게 겨루고 있지 않은가. 종일 고개 한번 들어보지 못하고 열심히 문제지를 읽었다. 아는 것이 없어도 읽을 수는 있으니 최선을 다해 읽었다. 고개를 들어 주위를 둘러볼 만큼 다른 학생들의 모습이 궁금하지도 않았다.

죽을 때까지 사라지지 않을 것 같던 멍 자국이 가슴에 있었지만 홍제동 밤의 불빛도 별들의 반짝거림도 우리의 가슴을 함께 태워주었고 오늘로 응어리도 풀렸다. 점수와 상관없이 나는 오늘의 경험을 두고두고 간직할 것이라 다짐하였다.

겨울 해는 빨리 넘어간다. 수능 시험 끝난 때를 맞춰 교문 앞에 가족 일행이 진을 치고 기다렸다. 설마 했는데 남편이 보인다. 환하게 웃는다. 모 고등학교 정문을 돌아본다. 이 길에 서지 못했을 때와 서 있는 지금의 시각에서 대학이라는 곳에 가보고 싶다는 생각이 문득 고개를 든다. 가보지 않은 길이라는 것은 그렇게도 유혹의 뿌리가 깊다. 한 번도 남편에게 대학에 가겠다고 말한 적은 없다. 남편이 6년 동안 집안일에 도움을 준 것도 고마운데 또 무슨 염치로 대학을 말할 수 있나. 대학 등록금도 만만치 않을 것이고 남편도 배우지 못한 대학을 남편의 월급으로 공부한다고 생각하면 대학은 포기해야 한다.

중, 고등학교 등록금은 절에서 조금씩 주는 것을 모아 6년 동안 해결하였다. 지금까지 남편의 월급을 나를 위해 허비한 적이 없었다. 그런 저런 이유들로 대학이라는 곳에 대한 나의 생각을 묶어 놓고 있었지만 수능을 보고 나오는 순간 대학이라는 곳에 가보고 싶어진 것이다.

포기한 듯 치러낸 시험이라더니 무슨 심리인지 내심 점수가 기대되었다. 한 번호만 찍으라고 걱정을 덜어준 선생님 말씀에 수능 전날 밤 편한 잠을 잤는데 꿈에서 별을 땄다.

큰 아이는 군 생활을 마친 상태였고, 작은 아이도 군에 입대하기 위해 대학에 휴학계를 내고 있었다. 엄마를 응원해 주었을 아이들도 묵묵부답으로 점수에 대해 기대를 했었나 보다. 나 스스로 대학은 무슨, 분수를 지켜야지, 하며 마음을 다스렸다. 그런데 작은 아이가 엄마 수능 점수에 맞게 대학에 접수한다며 아빠를 설득했는지 4

년제 국문학과와 2년제 여성교양학과에 지원했다고 한다. 얼마나 고마웠던지. 두 대학에서 나란히 합격통지서가 왔다. 결정하라는 남편이 고마웠고, 작은 아이의 설득에서 만들어 낸 기적 같은 순간이 감사했다. 신앙을 앞세워 의지하는 마음을 가지지 않으려 하지만 모든 것이 내 의지로, 내 노력만으로 만들어졌을 거라는 생각은 하지 않는다. 무조건 고마워해야 한다. 나의 신앙은 무의식중에서 나온 것이니 내 의지가 아니라는 반발심으로 키워온 신앙이다. 처음 중학교를 선택한 것도, 대학을 입학하게 된 것도, 나의 일상이 신앙과 연결되어있는 것도 풀어 보면 불교와 인연의 줄이 있었던 것 같다. 춤바람 이후 모든 만남을 접고 오로지 붓글씨에만 집중하면서 차츰 나의 인생은 달라졌다.

 고등학교 졸업식 날 기쁨의 눈물을 흘렸다. 학교생활 6년 동안 모든 열정을 쏟았다. 봄, 가을 소풍에서 장기자랑으로 시를 쓴 것이 최우수상을 받았고 내가 쓴 소설 원고를 국어 선생님이 읽고, 박완서 작가의 소설을 닮았다고 말해주어 글을 쓰고자 했던 마음에 큰 용기가 되었다.

 1999년 3월 2일. 모든 만물이 기를 발하는 계절에 드디어 대학 캠퍼스에 발을 들였다. 늦은 나이에 공부하라는 운명이 있었나 보다. 꿈같은 대학 생활은 현실이 되었고 새롭게 만나는 학생들과 동등하게 공부 할 수 있다는 기대는 기쁨 그 이상이었다. 꿈에서도 생각해 보지 못했던 대학 캠퍼스를 걸으며 야간 중학교에 처음 들어갈 때의 기쁨과 감동을 떠올렸다. 더 바랄 게 없는 것처럼 행복한 시간 속에 빠져들고 있었다. 99학번을 단 예쁜 친구들은 보기만 하여도 그 자체가 생명력이 넘치는 존재들이었다. 그녀들과 같은 공간에서 숨을 쉰다는 것만으로도 나는 신바람이었다.

학업이 시작되는 날. 그 첫날부터 기쁨으로 충만했던 기대는 어긋나기 시작했다. 그들은 무엇이 그리 불만족스러웠는지 수업 시간에도 수도 없이 들락거리며 어수선하고 분주했다. 여자 화장실 바닥에 즐비하게 버려진 담배 꽁초를 보고 이해하기 어려웠던 때가 있었다. 내가 아들만 키워봤기 때문에 그런 생각을 했는지는 모를 일이었다.

"아줌마는 사오정이야."

나와 같이 6년의 야간학교에서 대학까지 함께 올라온 정연이가 여학생들에 대한 나의 생각을 듣고 나에게 붙여준 별명이다. 야간학교에서 함께 졸업한 학생 중 전적으로 열의를 보였던 세 명이 같은 대학에 왔다. 나와 화숙이와 정연이는 그렇게 삼총사가 되었다. 화숙이는 원주에서 강릉이 좋아 시집온 나와 같은 성을 가진 친구다. 나와 달리 사회생활에 익숙하여 정연이와는 대화가 잘 통했다. 그런 정연이가 붙여준 별명에 나는 부정도 긍정도 하지 않고 웃어 넘겼다. 점심시간이 되면 매일 매점에 들려 먹을 것을 사 들고 등나무 벤치에서 앉아 점심을 먹었다. 나이와 상관없이 함께 해주는 친구들이 있고, 그들과 밥 대신 빵과 우유로 점심을 때운다는 것만으로도 나는 무한의 자유로움을 느꼈다. 꼬이고 엉켜도 모습 그 자체로 아름다운 등나무의 잎과 보랏빛 꽃처럼 그곳에 잎이 되고 꽃이 되어 자유롭게 웃고 즐거워했던 우리의 모습은 나의 인생 한 페이지에서 짙게 추억할 것이다.

1학년 수업은 거의 1, 2반 전원 80명이 한 반이 되어 받는 시간이 많았다. 그 시간 맨 앞줄 혹은 두세 줄에 앉은 학생들만 귀를 쫑긋 세우고 교수와 눈을 맞추고 열심이었다. 그 외의 아이들은 입술에 립스틱을 지웠다 발랐다 손에서 거울을 놓을 줄 모르거나, 지루하면 화장실을 들락거렸다. 그러다가도 마음에 드는 학과 교수 수업은 또 나름 집중하기도 했다.

99학번으로 들어 온 여학생들 대부분은 그녀들이 원해서 들어온 학교나 학과가 아니라는 표현을 과장하여 은연중에 말한다. 들어오고 싶어 들어온 것이 아니라 점수에 맞춰서 할 수 없이 들어왔다는 태도로 자신을 변명하고 위로하는 것 같았다. 한두 해 있는 일도 아니고 매년 배우고 떠나갈 학생들의 심리는 1년이 지나면 달라지게 되어있다는 것을 교수님도 알고 있었는지 학생들의 태도에 그다지 신경 쓰지 않았다.

여성교양학은 여성이 갖추어야 하는 덕목을 배우는 것이다. 하지만 새내기 학생들은 그다지 관심이 없다. 살을 빼려고 물병만 들고 다니는 학생도 있고 등교길 아침 길가에서 두 남녀가 입을 맞추고 서 있는 장면을 보기도 했다. 세상이 얼마나 변했는지 가늠할 수 없었다. 30여 년, 아니 40여 년 뒤처졌던 나에게는 그럴 만도 했다. 다행히 정연이와 화숙이가 있어 서로 의지가 되었다. 그녀들은 야간학교를 나온 티를 내지 않으려 노력했지만 나는 숨기는 것을 좋아하지 않아 중학교 때부터 자랑삼았다. 정연이는 집안이 어려워 정규학교에 입학하지 못했지만, 야간학교 입학은 전적으로 정연이의 선택이었다. 밝고 예쁜 정연이가 나이는 어려도 엄마 학생들과 잘 어울렸던 탓에 대학에 들어와서도 친구들과 잘 어울려 다녔다. 6년이 짧은 것이 아니어서 배움의 중요성을 알았고 이 동, 저 동 강의실 찾아다니는 것도 정연이가 도와주었기에 어려움 없이 잘 찾아다닐 수 있었다.

여성학 강의 시간마다 느낀다. 무엇이든 대충 아무렇게나 먹고, 몸치장도 할 줄 몰랐던 내가 대학에 들어와 교양 과목을 들으면서 새롭게 배워나갔다. 아이들 보육이란 것에 있어서도 성장 과정이 얼마나 중요한지를 전문적으로 배웠다. 처음부터 마음을 잡지 못하고 산만했던 학생들도 2학년이 되자 안정을 찾았는지 열심히 강의하는 교수님의 열의에 동참하는 모습이다. 나 역시 처음 1년 동안은 공부보다 대학생이 되었다는 들뜸과 만족감에 시간 가는 줄 모르고 그녀들처럼 보냈다. 자유롭고 행복했던 1년이 가고 2학년이 되면서 나에게는 예상하지 못한 고난의 시간들이 기다리고 있었다. 그녀들과 달리 나는 필수과목인 보육에 대한 이론과 실습이 버거워졌고 몸에서 바로 이상증세가 나타났다. 얼굴에 열이 올라 고개를 숙이게 했고 통증이 심해지면서 시험 기간에 병원에 입원하여 시험을 보지 못했던 적도 있었다. 호르몬의 불규칙으로 오는 질병이 (오십견이니 갱년기니) 이름조차도 알지 못했던 언어적 불통은 직접 몸으로 경험하고서야 알게 되었다.

졸업반이 되면서 유아교육에 대한 이론과 실습이 전적으로 수업의 핵심이 되었다. 6명씩 조를 짜 체계적으로 프로그램을 만들고 토론하고 실습을 통해 전문가로 만들어져 갔다. 아기와 어린이를 다룬다는 중대한 책임감에 학생들은 그쪽으로의 취업을 원하지 않았지만, 나는 그녀들과 생각이 달랐다. 결혼 후 돈 한 푼 벌어본 적이 없는 나로선 취업을 해보고 싶은 기대를 가지고 있었다. 취업의 기회가 주어진다면 해낼 수 있을 거라는 자신감도 있었다. 대학을 입학하기 전 봉사하는 곳에서 아기와 아이들을 가까이 하였던 경험도 있었다. 그곳의 아이들은 부모의 사랑을 받지 못하고 남의 손에서 커가는 시설에 속해 있는 아이들이라 마음으로 깊은 사랑을 실천하려고 노력했다. 아기 키우는 실습은 이미 두 아들을 키운 경험도 있었기에 학문적인 것은 귀로 듣고 공감하는 정도로 고개만 끄덕였다 하지만 아기를 키운다는 것은 이론보다 실습이 중요하다고 생각한다.

프로그램을 짜고 토론하여 교수가 원하는 문제에 접근하여 높은 점수를 받아야 하는 조별 과제 그 중요한 실습에 다른 학생들과 공감대를 이루지 못함에서 오는 스트레스가 계속되었다. 99학번 새내기 학생들이 마음먹은 대로 되지 않는 인생에 대해, 학업에 대해 스트레스를 이겨 내기 위해 피웠던 담배를 그제서야 이해하게 되었다. 지식과 학문적 접근에 한계를 느끼는 순간이 온다. 누구나 넘을 수 있는 건 아니겠지만 그럼에도 배우고 또 배워야 한다고 생각했다.

마지막 학기 여름 방학이 왔다. 화숙이와 둘이 한 조가 되어 실습을 나가야 했다. 강릉에 있는 어린이집을 80명 학생들이 실습 장소를 물색하여 정하는 과정에서 화숙이와 나는 실습할 어린이집을 찾지 못했다. 스스로 알아서 하라는 교수님의 말이 아득하였다.

"교수님, 보육시설에 실습 나가도 될까요? 화숙이와 저는 어린이집을 정하지 못해서요."

여름 방학 동안 실습의 기록이 있어야 보육교사 자격증을 취득할 수 있기에 화숙이와 나는 내가 아는 보육시설에 사정해 보기로 마음 먹고 교수님에게 물었다. 교수님은 평소에도 화숙이와 나에게 편하게 교수실에 놀러 오라고 하였다. 차도 마시고 어려운 점을 말해도 된다고 하였지만 한 번도 교수님을 찾아가 만나본 적이 없었다. 보육시설도 괜찮다는 교수님 허락을 받자 걱정거리가 해소되었다. 화숙이와 나는 시설 원장님을 찾아 겨우 허락을 받았고 여름 방학 동안 실습할 수 있었다. 예전부터 인맥이 없었다면 허락을 받지 못했을 것이다. 사실 고아원 내의 모든 일을 외부 사람에게 오픈하여 보여 준다는 것은 믿음이 없다면 불가능한 일이다. 그만큼 원장님이 실습을 허락해 주어 고마울 따름이었고, 고마움은 아이들을 향한 의무와 열정으로 이어갔다.

화숙이와는 첫 만남부터 잘 통했다. 중, 고등학교 6년에다가 대학까지 함께 하였기에 형제보다 가깝고 친하다. 그래서 어린이집을 정하지 못한 상태에서, 내가 먼저 시설을 제안했을 때도 화숙이는 전적으로 내 생각에 동의해주었고, 나로 인해 시설에서 실습하게 된 것에 안심하고 좋아하였다.

아이들은 의아한 눈으로 새로운 사람과 마주하였다. 까만 눈동자를 굴리며 안아주거나 업어 주기를 원했다. 시설에서 진행되는 우리의 실습은 주로 아기들의 성장 과정과 놀이하는 근육 발달에 대한 관찰과 유아들이 우유 먹는 각각의 시간과 잠자고 깨는 시간을 기록하는 것이었다. 아이를 키워본 화숙이와 나는 아기들을 만지는 데 어려움이 없었다. 여기에 들어온 아기들은 어린이집과 달리 부모에게 버림 받은 아기들이다. 아무리 사랑해도 모자랄 것 없는 애틋한 마음이지만, 마음대로 사랑할 수 없는 시설의 규칙이 있기에 그 또한 지켜야 한다.

화숙이와 나는 아기들을 사랑하는 것도 중요하지만 아기들의 발달 과정을 세심히 관찰하면서 실습에 차질 없이 아기들을 돌보는데 열의를 보였다. 보육에 대한 견해와 보육시설에 있는 아이들이 제대로 먹고 입고 사랑을 받고 있는지 관찰 일지를 작성하여, 시정되어야 하는 점과 아기들 처우 문제에 대한 미흡함을 의견으로 밝혀 제시하는 것이 과제이다.

화숙이는 신생아 10여 명이 있는 방에 배치되었고 나는 4~5세 영아반에 투입되었다. 시설의 아이들이 영아에서부터 고등부까지 100여 명이 있는 이곳은 강릉에 한곳 뿐이었다. 나는 이곳의 아이들과 함께하여 온 터라 내부의 일을 잘 알고 있었다. 이곳에 아이들을 돌보고 있는 직원들이 30여 명 있다. 보육교사들은 24시간을 교대하며 아이들을 돌보고 있다. 자격증을 갖춘 그들은 시에서 주는 급여를 받는다.

화숙이 실습하는 방에는 선생님 두 명이 교대로 10여 명의 신생아를 돌보고 있었다. 그들에게 화숙이는 구세주였다. 갓 태어나 버려진 아기들이 나란히 누워 번갈아 가며 먹고 싸고 안아달라고 울어댄다. 담당 선생님은 아기들의 요구에 따라 차분하게 기저귀를 갈고 우유를 물리고 안아주면서 땀을 흘린다. 앉아있는 아기도 있고 엎드려 기어 다니는 아기도 있다. 아기가 스스로 노는 법을 터득하면 선생님 손이 덜 가긴 해도, 두 사람이 감당하기엔 벅차다. 그러기에 화숙이의 등장으로 그곳 선생님들은 잠시나마 숨통이 트일 수 있었고 한다. 그에 비해 나의 실습 방은 수월했다. 낮 시간 동안은 영아들이 어린이집에 가고 없어서인지 그리 힘들지 않았다.

화숙이는 딸 하나만 낳아 키운 엄마였다. 실습하는 과정에서 화숙이 눈에 유난히 들어오는 남자아이가 있다고 한다. 엄마가 누구인지 알지 못하고 버려진 아기였다. 화숙이 눈에 들어온 아기는 이제 막 기어 다닐 정도로 시설에 들어온 지 몇 달 되지 않은 남자 아기였다. 한 달 동안 아기들을 돌보면서 정이 들어 더 가까이 안아주고 업어주게 되었다. 그러한 과정을 나는 나대로 화숙이는 그녀대로 기록하며 여름 한 철을 보람있게 보내고 있었다.

"나 어떻게 해. 여기 그만두면 그 아기가 보고 싶을 거야."

어느 날 뜻밖의 고백과 함께 화숙이 눈이 촉촉해졌다. 시설에는 아기들이 너무 많아 입양해 가기를 원했다. 아들만 있던 나 역시 가끔 여아를 입양하고 싶은 생각이 들었다. 내가 마음을 둔 아기는 친할머니가 있어 포기했지만 화숙에게는 용기를 주고 싶었다. 입양을 권해보았다.

"무슨, 내 나이가 몇인데. 난 이제 자유롭게 살거야. 대학 졸업하면 취직도 해야 하는데.."

손사래를 쳤지만, 마음이 가는 건 막을 수 없었나 보다. 실습이 끝나기 전 일주일 남은 주말에 화숙이는 아기를 데려가 하룻밤 함께 지

내게 되었다. 처음 제안을 꺼내본 건 나였지만, 그녀도 그러고 싶었던 차였다. 상주하는 선생님과 의논하여 기저귀와 옷이며 우유 등 아기에게 필요한 것들을 챙겨 화숙이 차에 실어 주었다. 화숙이는 아기를 데려가면 남편과 딸이 어떤 생각을 할지 모른다고 불안해하면서도 아기를 안고 차에 탔다. 아기를 데려간 이후 벌어질 상황들에 대한 부담을 갖기보다는, 헤어짐이 아쉬워 하룻밤 함께 보내는 마음으로 아기와 하룻밤을 지내보라고 했던 것이다.

역시나 운명의 기류는 있었다. 그들은 새로운 부모 자식으로 만날 운명이었는지 남편이 적극적으로 동조하고 혼자 외롭다 했던 딸도 동생이면 좋겠다며 사랑을 표현하며 온 가족이 일심으로 입양을 결정하였다. 물론 마음만으로 입양이 성사되는 건 아니었다. 화숙이 부부는 이미 마흔 후반에 들어서는 나이여서 입양조건에 어려움이 있었다. 하지만 화숙이보다 더 적극적인 남편의 추진력으로 입양이 성사되었다. 아직 화숙이의 공부가 반년이나 남아 있었지만, 남편이 아기를 돌볼 수 있다는 강력한 주장으로 입양을 원했다. 운명처럼 이어진 새로운 가정에서 아기는 사랑을 배웠고 자유를 얻었다. 그리고 반듯한 가정에서 자라 대학을 나오고 군대를 갔다 온 멋진 사회인이 되었다. 그곳은 부모 품을 모르고 살아가는 생명들을 보호함으로 존재하는 곳이면서 또한 부처님 도량이기도 했다.

나에게 더 이상 채울 게 없을 것 같은 날, 2001년 2월 9일 대학 졸업식 날이 왔다. 강단에 모인 졸업생 남녀 모두는 사각모를 쓰고 졸업식에 참여하였다. 대학 학장님의 연설이 있었다.

"여러분은 이제 사회에 나가 배움에 대한 실천을 이행하게 될 것입니다. 자신의 미래를 위해 전진하며 사회에 기여하는 훌륭한 인재가 될 것임을 믿습니다."

다른 사람은 몰라도 화숙이와 나는 졸업 후 배움에 대한 실천이 가능할지, 그런 기회가 우리에게 올지, 미래에 대한 불안과 슬픔 같은 것이 있어 가슴이 먹먹해 왔다. 졸업식에 가족과 형제들이 모여와 사각모를 쓴 내 모습을 축하하며 꽃다발을 안겨주었다. 8년을 함께하며 공부해온 화숙이와 나는 부둥켜안고 눈물을 흘렸다.

감사하게도 대학을 졸업하고 얻게 된 어린이집 보육교사 직책은 나에게 또 다른 행복을 알게 하였다. 아기들과 함께 하는 순간이 소중하고 사랑으로 실천하는 자비의 마음이 좋았다. 공부를 하고, 자격증을 얻어 내가 노력한 배움으로 아이들을 위해 무언가를 할 수 있다는 건 뿌듯하고 감격스러웠다. 어려웠지만 해낼 수 있었던 것은 내가 겸손으로 쌓아온 경험이 뿌리내린 자신감이 있었기 때문이다. 내 아이들에게는 전해보지 못했던 사랑과 정성이었다. 남의 아이를 내 아이처럼 사랑하는 것이 어렵지 않았다. 재미도 있었다. 이제 또 다른 반전을 기대하지 않아도 다 채워졌다는 만족감이 있어 좋았다. 그만큼 노력에서 오는 것이니 결과에 맞는 기쁨도 있는 것이다. 만학의 길은 그렇게 삶에 또 다른 만개를 가져왔다. 꼬이고 엉켜도 다 피워내면 그 자체로 아름다운 등나무 잎과 보랏빛 꽃처럼.

눈길

농촌의 겨울은 적막하다. 주변은 모두 산으로 둘러쳐져 있고 이 골 저 골 드문드문 초가집이 있다. 처마엔 옥수수 타래가 겨울을 넘길 양식으로 손을 기다린다. 앙상한 나무 사이로 새벽하늘을 밝히는 싸 륵한 기운이 산골 작은 마을에 서려 있다.

 슬레이트 지붕 밑 안방에서는 새 생명이 태어나려는 조짐을 직시 하고 싸늘한 공기마저 조여들게 한다. 산모가 밤새 산통에 시달리다 새벽이 되어서야 주먹에 힘이 불끈 생기면서 막바지 산기에 대비해 누워 있던 몸을 일으켰다. 산모는 무릎을 꿇고 허리를 세운다. 남편 이 다가와 허리를 잡으려 한다. 시어머니가 놀라 남편을 나무란다.

 "허리가 잘못되기라도 하면 어쩌려고."

남편은 뒤로하였던 자세를 앞으로 하여 산모가 힘을 쓸 수 있도록 도와주었다. 새벽하늘을 괴력으로 찢어대는 산모의 비명소리와 함께 아기 울음소리는 숨죽여 있던 산천을 술렁이게 한다. 생명의 탄생과 울음소리에 들뜬 하늘도 하얀 눈발을 내려 새벽을 포근하게 했다. 눈은 금방 시골 흙 마당을 하얀 옷으로 갈아 입혔다.

시어머니는 아기를 받아 눈, 코, 입에 묻은 오물을 닦아 주고 턱을 떨며 울어 대는 아기를 안심시키며 보드라운 천으로 몸을 감싼다.

"그놈 울음소리 한번 크구나. 아들이다."

산모는 온몸에 기를 다 소진한 후라 손가락 하나 움직일 힘이 없는데도 신기한 눈으로 아기를 바라본다. 시어머니는 아기 배꼽에 달린 탯줄을 가위로 잘라 실로 동여매었다. 아직 태가 산모의 자궁에서 나오지 않은 상태라 탯줄을 산모 발가락에 끼워놓고는 시어머니는 부엌으로 가 불을 지폈고 남편은 처마에 달아놓을 금줄에 고추를 달고 있었다. 마구간에는 새끼를 밴 소 두 마리가 아직 일어서지 않고 밤새 쌔금질한 턱을 다물고 눈을 굴리고 있었다.

밤새 몸부림치다 낳은 아기를 한없이 들여다보고 있는 산모는 행복했다. 음력 11월 28일 묘시의 사주를 타고 난 아들이다. 눈이 내려 싸한 아침에 태어난 아기는 엄마 옆에 누워 잠들었다. 남편은 산모의 쇠진한 몸에 이불을 당겨 덮어 주었다.

직업 군인이었던 남편이 갑작스럽게 제대를 하는 바람에 시골 사람이 되어야 했다. 결혼하고 8개월 만에 시댁으로 들어와 살다가 이듬해 9월에 자리를 옮겨온 게 이곳이다. 남편 없이 시댁살이하던 나는 산달이 가까워지자 시골길 30리를 혼자 걸어왔다. 남편은 이미 농사일에 적응하여 봄철부터 시골에 와 농사일에 몰두하고 있었다. 남편 찾아오는 길이 너무나 아득하였지만 가방 하나 들고 고개를 넘어왔다. 다른 방법이라도 있었다면 오지 않았을 시골길이다. 마지막 고개를 넘어 한숨을 삼키며 마을에 들어서자 들에서 일하던 사람들이 일손을 멈추고 바라본다.

"어쩌겠어, 농군의 색시로 살아야지. 이미 자리 잡아 놓은 집과 토지가 있는데. 형은 이제 시내로 내려가고 동생이 이 마을에서 살겠네."

결국 그리 되었다. 아기를 안고 한없이 들여다본다. 아기 얼굴을 보고 또 보며 눈, 코, 입, 손가락, 발가락이 제자리에 콕콕 박혀 있는 것이 신기하여 눈을 뗄 수 없다.

3일이 되었는데 젖줄이 뚫리지 않는다. 아기가 먹을 젖무덤이 온통 몽우리가 되어 풀리지 않는다. 살갗이 벗겨지도록 미련하게 문질렀는데도 부드러워지는 기색이 없다. 시어머니는 젖무덤이 풀리지 않는다면 종기로 발전할 수 있고 그리되면 아기가 배고파 우는 것보다 더 위험한 상황이 될 거라고 겁을 준다. 남편은 아기 젖에 대한 중요성보다 산모의 젖무덤에 이상이 생길까 더 무서웠다. 남편은 30리 길을 걸어 약을 사 왔다. 아기 먹이려고 우유를 사 온 것도 아니고 약방이 처방해 주는 대로 가져온 약에 젖을 말리는 약이 들어 있는 줄도 몰랐다. 그 약이 젖을 말리는 약인 줄 알았다면 안 먹었을 터인데. 아기의 젖이 풍족하지 않은 것에 시어머니는 삼신께 3일에 한 번씩 미역국을 떠놓고 비는 것으로 해결될 거라고 믿었다. 산모와 아기의 안위는 삼신께서 다 해결해 줄 거라는 믿음으로 기도에 온 정성을 다했다. 그러거나 말거나 아기는 점점 허기에 지쳐 나오지 않는 젖꼭지를 물고 놓으려 하지 않는다.

삼신할머니가 해결해 줄 거라는 시어머니의 믿음도 아무런 효과가 없었다. 하루하루가 눈물 바람이 된 건 순식간이다. 젖이 만족스럽게 나오지 않은 젖꼭지를 아기는 초인적인 힘으로 빨았다. 아기 낳은 지 며칠이 되지 않아 두 젖꼭지가 갈기갈기 터져 피가 흘렀다. 전신이 오그라들듯 예민한 부위를 사생결단으로 빨아대는 아기는 그래도 성이 차지 않는지 놓았다 빨다를 반복하며 나오지도 않는 젖을 놓으려 하지 않았다. 산모에게는 터진 젖꼭지가 아파서 우는 날이 계속되었다. 날이 갈수록 통증은 더욱 심해졌으나, 오늘이나 내일이나 젖줄이 터져 아기가 배불리 먹을 수 있을 거라는 기대 하나로 모든 걸 참아냈다. 그러나 젖줄은 터지지 않고 아기는 울다 지쳐 잠이 들곤 했다. 철부지가 모르면 시어머니가 나서서 미음이라도 끓여 일단 아기 배를 채워 주어야 하는 게 어른의 도리일 것이다. 하지만 시어머니는 일절 하지 않았다. 어느새 아기가 먹지 못하고 우는 것은 젖이 적은 어미의 잘못이라며 산모를 원망하기만 한다.

"허울이 멀쩡하여 들였더니 아기가 먹을 양식도 제대로 가지고 있지 못하니 원."

시어머니의 몸은 마른 사람보다 두세 배나 크고, 가슴도 크다. 그래서 산모가 젖이 적은 것을 이해하지 못하는지 혹여 우유 살 돈이 아까워서인지 불만만 늘어놓는다.

젖무덤이 딴딴한 것은 젖줄이 뚫리지 않았기 때문이다. 젖무덤의 상처와 젖꼭지가 터진 아픔도 견디기 어려운데 젖몸살도 잦았다. 끝이 없을 것 같은 고통은 산모에게 끔찍한 시련이었다. 하지만 육신의 아픔보다 젖이 나오지 않는 어미 때문에 배고파 울다 지쳐 잠이든 아기의 눈물 자국에 엄마는 더욱 심장이 쪼그라든다.

젖몸살이 자주 나는 것은 겨울 날씨 탓도 있지만, 산모의 몸 상태도 정상은 아니었다. 그 지경에 어찌 부엌에 들 수 있을까. 시어머니는 20일이 가깝도록 부엌에 들지 않고 매일 아기만 바라보고 있는 며느리가 급기야 미워지기 시작했다. 참다 참다 나온 불만과 노여움은 언제까지 며느리 밥상 챙기는 부엌데기가 되어야 하냐는 거였다. 산후 3일째부터 부엌으로 나왔던 큰 며느리를 생각한다면 화가 나는 건 당연하다.

"늙은 어미를 부엌데기로 언제까지 부려 먹으려는 건지. 차라리 절에 들어가 밥을 해줘도 이 고생은 아닐 거다. 자기 몸 하나 변변치 못한 그것은 지 죄지. 귀한 손주까지 고생시키며 뭐 그리 당당하다고 매일 챙겨주는 밥상을 받아."

일부러 들으라고 시어머니는 부엌에서 소리 내어 화풀이하신다. 건강하다면 시어머니를 부엌에 들지 못하게 하였을 나였겠지만 그 순간은 시어머니의 노골적 불평에 서럽고 가슴이 무너졌다. '죽더라도 내일 아침부터 부엌에 나가야지' 다짐하였다. 아기를 잃을까 마음을 졸이고 심혈이 터질 것 같은 아픔을 견디어 내는 것도 지옥인데 거기에 더해진 시어머니의 불평은 입술을 깨물 수밖에 없었다.

시집와 보니 시댁에는 겪어보지 못한 낯선 가풍이 있었다. 아침에 일어나면 시부모님께 절을 하며 문안 인사를 드려야 했다. 외출하여 돌아와도 절을 해야 했다. 집안 어른들이 새아기 예쁘다고 사흘이 멀게 찾아올 때면 무릎이 아파도 절을 해야 했다.

시집오기 전 나는 자유롭게 살던 사람이었다. 시댁의 예의범절이 낯설고 심지어 철두철미한 것에 어색하고 불만스러웠지만, 그럭저럭 참을 수 있었다. 그래도 매일 별 의미도 없는 시대에 동떨어진 풍습을 내세워 새 며느리에게 양반집 자손이라는 인식을 심어 주려는 시어머니에게는 동의하기 어려웠다. 시어머니는 항상 당당하다. 뼈대 있는 집안의 후손이라는 자부심으로 권율 장군의 위대함을 입에 올리고 역사를 들먹이며 세상 물정 모르는 시골 사람들에게 해박한 지식인인 것처럼 유세를 떨고, 존경받고 싶어 했다. 남다른 집안이라며 스스로 벽을 쌓아 올리는 시어머니와 나는 같은 여성으로 서로 보듬고 이해하며 살아야 하는 관계인데도 가까워지기 어려울 것 같았다.

아기가 태어난 지 두 달이 되었다. 얼굴에 뼈만 앙상하여 태어날 때 통통하고 복스럽던 얼굴은 찾아볼 수 없게 되었다. 아기를 본 적 없는 이웃들은 부잣집 손주가 어찌 생겼는지 궁금해했다. 바쁜 농사철도 아니고 긴 겨울의 눈 속에 들어앉아 농촌의 지루함이 시작되던 찰나였다. 새색시가 마을에 들어와 새살림을 차려 이웃이 되었지만 환영해 준 적도 없어 겸사겸사 산모의 상태며 아기를 보러 가기로 하고 날을 정하였다. 별난집 손주라도 태어난 지 두 달여 되었으니 부정 탈 시기는 넘겼다 하여 집안 식구 같은 동래 아재가 날을 잡았다. 눈 쌓인 길을 걸어 그들은 어렵게 찾아왔다. 아기 탄생을 축하해 주기 위해 방문한 동래 아재들은 아기를 보는 순간 놀라 입을 막았다.

"아니 세상에나, 갓난아기의 얼굴이 왜 이래요? 두 달이 되었으면 한창 좋아 보일 아기 얼굴인데…."

차마 다음 말은 잇지 못했다. '살지 못할 아기인가?' 의심의 눈으로 시어머니 얼굴만 살핀다. 하지만 시어머니는 아무렇지 않은 얼굴로 방문한 동래 아재들을 향해 말한다.

"우리 귀한 손주가 제 먹을 양식을 적게 타고났나 봐. 무튼 험한 길에 찾아와 줘서 고맙네."

시어머니는 예전부터 동래 사람들을 아랫사람처럼 취급하며 살아왔다. 동래 사람들도 시어머니 말을 들은 체 만 체 하며 그저 '저 어린 것이 불쌍해 어쩌누' 하는 표정들이지만 더는 할 말을 입 밖으로 내지 못했다. '우유 살 돈이 없는 것도 아닌데 아무리 돈이 아까워도 귀한 손주가 죽어가는 데도 어찌 저리 태연할 수 있을까' 의아해하며 사람들은 몸서리를 쳤다. 그러나 바른말이라도 했다가 남의 집안일에 건방지게 나선다는 따가운 훈계를 들을 것이기에 아기를 들여다보며 눈물을 훔칠 뿐이었다. 그 자리에 오래도록 앉아 아기에 대한 칭찬을 하려 하였는데 뼈만 앙상한 아기의 몰골을 보는 순간 안타깝고 불쌍하여 웃음의 담화를 이어가지 못한 채 자리는 점점 어색하고 지루해져 갔다.

아들의 이름은 동아로 지었다. 며칠 전에도 친척 아재가 동아보다 3일 먼저 태어난 아이를 업고 왔다. 그 아기가 동아와 나란히 누웠는데, 가슴이 무너졌다. 눈물이 줄줄 볼을 타고 내려오는 줄도 모르고 나는 그 아기를 안아보았다. 묵직하고 살이 통통하다. 겨우 3일 먼저 태어났다는데 저리 복스러울 수가. 그 아재 젖줄이 부럽다. 아재는 겨우 목숨만 붙어 있는 동아를 안고 자신의 젖을 물려 주고 싶었지만, 시어머니의 서슬에 참아야 했다.

어떻게 하여야 하는지 이웃 사람에게 물어보고 싶어도 시어머니가 옆에 앉아 있어 입을 다물어야 했다. 새로 태어난 아기를 보고 '예쁘다, 잘생겼다' 하며 덕담을 주고받아야 하는 자리에 아기를 마음대로 안아보지도 못하고 몰래 눈물을 닦고 앉아 있는 동래 아재들은 마음이 안타까울 뿐이었다. 시어머니의 고집은 동래 사람들도 다 아는 일, 어찌하지 못한다는 걸 새삼 느끼며 그 분위기에 나 역시 설움을 참아야 했고, 아기에 대한 어떤 도움의 말도 물어볼 수도 들을 수도 없었다.

이제 아재들도 그 자리에 더 있고 싶은 생각이 없어졌다. 동래 사람들을 쥐락펴락하고 살았던 시어머니가 도시로 이사 가고 없어 한동안 좋았는데 작은아들이 결혼하여 이웃이 되어 찾아와보니 노인의 한마디 한마디는 여전히 역겨운 것이었다. 약속이나 한 것처럼 자리에서 모두 일어났다.

"뭐, 남편과 시어머니가 알아서 하겠지. 큰 며느리도 그리 살았잖아."

산모가 젖이 적으면 미음을 끓여서라도 아기의 배를 채워주는 게 인간의 도리가 아니던가. 평범한 동래 사람들도 다 알고 있는 일조차 하지 않고 아기의 배고픔을 나 몰라라 하는 시어머니의 저 심보는 용서하면 안 된다며 치를 떨었다. 차라리 보지 않았다면 좋았을 걸 하며 돌아가는 발걸음들은 안타까움으로 무거워졌다.

가까이 사는 아재가 집에 돌아가 생각해 봐도 아기에게 무슨 일이 일어날 것만 같은 불안한 마음이 들어, 시어머니가 없는 틈을 타 쌀가루로 미음을 끓여 젖병에 넣어 왔다. 쌀가루도 몰래 주면서 아기에게 미음을 만들어 먹이라고 했다. 아재가 가지고 온 젖병을 아기 입에 대었더니 아기는 숨을 돌리지도 못할 만큼 흡입하며 순식간에 젖병을 비웠다. 배고파 숨도 못 쉬던 아기는 금방 눈을 반짝이며 고맙다는 인사로 웃는다. 그 모습에 미음을 들고 온 아재가 눈물을 흘렸다.

"어른이 되어서 아이가 이 지경이 될 때까지 어찌 보고만 있는지…."

하지만, 아이를 들여다보며 감사함과 상념에 잠길 틈도 없이 아랫

마을에 다녀온 시어머니가 그 장면을 보고 남의 집 귀한 자손에게 불순한 미음을 먹였다고 불같이 화를 내면서 젖병이고 미음이고 마당으로 내던져 버렸다. 벼락이 치듯 순식간에 벌어진 일이었다.

남편은 처음부터 길들여진 대로 자기 의견을 표출하지 못하고 어머니의 이해할 수 없는 행동에도 멀거니 보고만 있었다. 배고파 우는 자식을 어찌해야 하는지도 모르는 어리석음을 자처하는 위인이었다. 산모는 악에 받쳐 남편을 향해 '병신, 쪼다, 천치' 온갖 욕이라도 하고 싶었다. 시어머니가 집을 떠나 본가로 갔으면 하는 마음이 컸다. 이러지도 저러지도 못하는 이 상황에서 계속 살아야 하는가. 결혼하고 첫아기가 생겼을 때도 지키지 못해 잃어버리고 만 경험도 있으면서 남편은 아직도 시어머니 말만 따르고 있었다. 도통 그 속내를 이해하기 어려웠다. 이런 사람과 평생 살아야 하는지 참았던 마음에 살이 떨리고 오기가 차올라 눈물도 나오지 않았.

모두가 아기를 들여다보며 행복해야 할 시간에 가슴 졸이며 울어야 하는 현실이 너무 숨이 막혔다. 답을 찾아야 한다. 결혼 후 단 한 번도 행복이 무엇인지 경험해 보지 못하고 여기까지 왔는데 또 어떤 절망이 기다릴지 모른다는 불안이 끝내 반항심을 부추겼다. 시어머니를 불신하는 마음이 극도로 치닫자 반항의 말이라도 쏟아내야 했다. 우선 시어머니의 기를 넘으려면 이곳을 떠날 결심이 있어야 한다. 동아를 살리려면 나의 행동을 실행하여 옮겨야 했다. 말을 뱉기도 전에 미리부터 가슴이 두근거린다.

"어머니!"

상기된 얼굴로 시어머니를 똑바로 바라보며 불렀다. 주먹을 불끈 쥐었다. 어떤 말을 먼저 해야 할지 생각도 없이 우선 있는 힘껏 기를 세워 불렀다.

"나는 내일 집에 가련다."

며느리의 다음 행동이 무엇인지 알고 있는 것처럼 시어머니의 기발한 순발력이었다. 며느리 얼굴도 쳐다보지 않고 나온 맥빠진 답이었다. 내 안의 반항심을 표출하지도 못하고 시어머니의 한마디에 허탈감으로 무너졌다. 겨우 목숨을 부지하고 있는 손주가 시어머니도 불안하고 가슴이 아팠을 거였다. 하지만 며느리가 악에 받친 목소리로 불러세우자 아들 앞에서 망신이라도 당할까 봐 선수를 친 것이다. 그 순간 며느리 입에서 어떤 말이 나왔을지 생각만 해도 소름이 돋았다. 아기가 잘못되어도 책임을 회피하려는 의도였는지 언제나 같이 살 것 같았던 시어머니는 뒤도 안돌아보고 큰집으로 가셨다. 시어머니에 관한 이야기는 바람을 타고 이 동래 저 동래로 마을 사람의 입을 통해 더 나쁜 주인공으로 인식되어 갔다.

남편은 30리 길을 걸어 아기 우유를 사 왔고 3일 동안 우유를 배불리 먹은 아기는 꽃처럼 피었다. 인간은 망각이란 신의 도움이 없다면 살 수 없다. 매일 달라져 가는 아기를 보며 그 춥고 깊었던 겨울의 불안도 서서히 가고 봄이 왔다. 남편은 자기가 돌봐야 할 땅들을 둘러보며 농사 준비에 열을 올렸다. 감자를 심고 모를 심었다. 혼자서는 감당할 수 없을 정도로 땅 넓이가 버거웠지만 도와주는 사람이 없었다. 아기는 엄마의 손에서 떨어지면 안 되는 시기여서 달리 도울 방법을 찾지 못했다. 감자밭에 풀을 제거해 줄 시기가 넘었어도 그저 바라볼 수밖에 없었다. 다행히 아기가 잠든 틈에 잠깐씩 감자밭에 나가 풀을 뽑았다. 하지만 아기가 잠자는 시간은 너무 짧았다. 풀 속에서 자란 감자와 풀 속에서 자란 옥수수와 풀 속에 자란 벼 이삭이 풍성할 리가 없다.

몇 달 후 시어머니가 다시 올라오셨다. 시어머니가 무엇을 도와준다 해도 달갑지 않았고 같이 산다는 것이 불편하였다. 남편을 만나 한 번도 이를 드러내고 웃어본 날이 없었기에 나는 무덤덤하게 하루하루를 살았다. 아기에게도 크게 웃어 준 적이 없었던 것 같다. 그런 나의 모습은 언제나 시어머니의 심기를 거스르게 하였다. 큰며느리처럼 작은며느리도 길들여 보려 하였지만 나는 이미 믿음과 존경의 마음이 없었다. 마음이 열리지 않는데 가식의 몸짓이 나올 수가 있겠는가.

결혼 전 활달하고 거짓 없었던 나의 모습을 찾을 수 없게 된 건 사실이다. 이러한 환경은 불만을 해소할 수 없었고 노력하려 애를 써보지만 소용이 없었다. 억지로 어른이니까 존경해야지 하면서도 실제로는 하지 못하는 나의 마음도 괴로웠다. 시간으로 풀어질 수 있다면 좋을 일이지만 가슴에 맺혀있는 서운함은 풀어질 수 없을 것 같았다. 결혼 초부터 불화를 자처한 시어머니다. 아들 동아를 낳은 후 시어머니에 대한 불신이 더욱 크게 자리 잡게 되었다.

어느 날 시어머니는 동아와 함께 남편과 아랫마을로 볼일을 보러 가 집이 비었다. 나는 모처럼의 내 시간에 풀을 뽑아주기 위해 옥수수밭에 가 있었다. 얼마 전부터 김치가 맛있다는 걸 느꼈다. 아기를 가졌나? 아직 동아가 돌도 지나지 않았는데? 모처럼의 시간에 옥수수밭에 무성한 풀을 뽑으려 하는데 꼭 죽을 것 같은 기분이 들었다. 옥수수잎이 바람에 부스럭대는 소리에 나는 왜 슬퍼지려 하는지, 순간 풀 뽑던 손에 맥이 풀렸다. 무엇인가 수상하여 살폈더니 동아를 낳고 아직 달거리가 없었던 속옷에 혈흔이 묻어 있었다.

이미 해는 산 위를 넘어 어둠이 깔리려 한다. 아랫배에서 점점 통증이 느껴진다. 빠른 걸음으로 집으로 왔다. 소들의 먹이를 챙겨야 할 남편이 아직 집에 오지 않았다. 외양간에서 눈을 껌벅이며 내다보는 소들의 저녁을 거를 수도 있겠다는 생각이 이 절박한 순간에도 먼저였다. 비료 포대를 챙겨 들고 텃밭으로 갔다. 콩잎을 따서 비료 포대에 담기 시작했다. 통증이 점점 심해져 콩잎을 더이상 담을 수 없었다. 소먹이를 외양간에 던져주고 나니 신발이 발에 붙어 떨어지지 않을 정도로 긴박하게 상황이 벌어지고 있었다. 동아를 낳던 때와 같은 극심한 통증을 느꼈다. 극도로 힘이 생기더니 무엇인가 자궁 밖으로 나왔다. 임신 2개월 정도 되었을 작은 씨앗의 흔적이었다.

스물셋이 되면서 결혼 날을 잡았다. 남편은 군인이었다. 남편과의 인연은 편지로만 정이 들었을 뿐 1년에 한 번도 제대로 만나지 못하고 세월만 흘렀다. 결혼 후 남편이 있는 부대로 따라가지 못했다. 시누이 결혼식을 보고 가라는 어른들의 명령에 한 달 넘는 시간을 지루하게 기다려야 했다.

그 엄한 집 딸인 시누이가 결혼도 하지 않고 임신을 하였다. 시어머니는 딸의 결혼식에 참석하지 않았다. 다음날 시누이 내외가 시어머니께 인사차 왔다. 신랑이 무려 12남매 중 맏이라는 것만으로도 기함할 일이었는데, 그 상황에 부모 몰래 망신스러운 임신까지 했다는 사실에 시어머니의 화는 극도에 달아 있었다. 엄하게 키웠지만 귀하고 사랑스러운 딸이다. 그렇지만 임신 5개월이 된 딸의 결혼을 막을 수도 없었다. 결혼한 딸 내외가 시어머니에게 큰절을 하려 한다.

"하지 마라!!"

시어머니가 벌떡 일어서며 양쪽 팔로 저지하고는 임신 5개월이 된 딸의 배를 걷어찼다.

"꼴도 보기 싫으니 다시는 오지 마. 너는 이제 나와는 상관없는 남이다."

서슬 퍼렇게 내뱉는 시어머니의 말에 내외는 얼굴을 붉혔고 그 옆에서 보고 있는 나는 그들의 얼굴을 바로 볼 수 없었다. 그런 마음을 다스리려 했던 건지, 처음부터 계획에 있었던 것인지 알 수 없지만, 시어머니는 나의 신혼 초행길에 함께 나섰다.

군인들이 거주하는 전방엔 집이 없다. 그나마 겨우 얻었다는 신혼집은 시골 창고로 쓰던 방이라고 했다. 남편 하나 믿고 굽이굽이 험한 길을 찾아온 곳이 남의 집 좁은 창고 방이란다. 창고로 쓰던 방도 겨우 안면으로 얻었다고 했다. 그 창고 방에 살아야 했다. 심지어 시어머니와 함께. 어떤 강심이라도 자식의 신혼 방에 함께 묵는다는 건 2, 3일도 어려운 일 아닐까. 시어머니는 한 달 동안 신혼 방에서 함께 잤다. 군인인 남편이 훈련이 많아 집을 비우는 날도 있었지만 혼자 있고 싶은 신혼집에 시어머니가 함께 있다는 건 무엇보다 불편한 일이다. 집주인 아주머니가 보기에도 이상하여 함께 자기를 청해 보지만 시어머니는 무슨 고집인지 아들 내외의 방을 벗어나려 하지 않았다.

결혼하고 얼마 되지 않아 임신이 되었고, 입덧이 심하여 음식을 먹지 못해 살이 쏙 빠졌다. 수도 없이 화장실을 들락거렸다. 첫아이를 가지면 다 그런 것이려니 하는 생각으로 참아야 했다. 친정과 시댁이 멀리 있는 상태에서 누구의 조언도 듣지 못했다. 먹는 것이 없으니 통통했던 몸이 금방 날씬해져서 예뻐졌다는 만족감도 있었다. 철에 없는 과일만 생각나고 입에 쌀알이 들어가기 무섭게 토해내는 임산부 상태는 말이 아니었다. 남편이라는 사람은 매일 자정이 되어 술에 취한 몸으로 들어와 다음날 새벽에 차려주는 밥을 먹고 부대에 들어가면 또 밤 열두 시가 되어서야 들어온다. 한 달 동안 함께 기거하던 시어머니가 떠나신 후에도 남편과 오붓하게 다정한 대화를 나누어 본 적이 없다. 남편은 아내가 어디가 불편한지 혼자 어떻게 지내는지 물어볼 줄도 모르고 집에 들어오기가 무섭게 잠이 들곤 하였다. 군인정신으로 살아온 남자는 자신을 따르는 병사들의 안위만 생각하고 챙기는데 전력을 다했다.

8개월이 지나는 동안 상황은 계속되었다. 마른 몸에 배는 점점 불러오고 소변보는 시간이 5분에 한 번 정도로 잦아져 화장실과 방을 드나들다 보니 그 괴로움은 말로 표현할 수 없었다. 그러는 동안 친정 오빠가 동생 사는 것을 보러 왔다가 몰골을 보고 놀라 자빠졌다.

"마누라가 이 지경이 되었는데 그놈은 뭐 하고 있었냐! 당장 집에 가자!"

당장은 큰소리를 쳐댔지만, 험한 길을 차로 가다 보면 또 어떤 일이 생길지 모르는 상태라 병원부터 가보자고 말했다. 오빠를 따라간 곳은 보건소였다. 엑스레이를 찍어 확인한 결과 산모 상태에 아무 이상이 없다는 진단과 군인 가족이라 너무 편한 생활을 하여 그런 것이니 산달까지 두 달만 참으면 해결된다고 하였다. 아기를 가지면 다 그런 거라고 진단하던 보건소 의사의 말만 믿었던 그때의 내가 지금 생각하면 어찌나 한심하고 후회가 되는지.

오빠보다 먼저 시집온 것도 미안한데 이런 몰골을 보여주는 것이 창피하였다. 일찍 시집와 잘사는 모습을 보여주지 못하고 다 죽어가는 몰골로 혼자 괴로워하는 동생을 보자 오빠는 화가 났다. 남편에게 무섭게 훈계를 하였다.

"내 동생에게 무슨 일이라도 생긴다면 죽을 줄 알아."

시집온 후 남편과 다정히 시간을 보낸 적도 대화를 해본 적도 없는 것 같은데 나의 편을 들어주고 살갑게 말해주는 오빠가 고맙고 위로가 되었다. 두 달만 지나면 된다. 아픔을 이기기 위해 최면을 걸었다. 하지만 앉아 있지도 서 있지도 못하고 선발로 화장실에 들락거려도 누가 찾아와 물어 주는 사람이 없다는 사실이 극도의 고립감과 벗어날 수 없다는 불안을 느끼게 했다. 남편 없는 방에서 사투를 벌였으나 결국 아기를 잃었다.

남편은 훈련이니 작전이니 집에 있는 시간이 거의 없었고, 아내가 무엇 때문에 괴로워하는지도 모르고 시골 창고 방에 방치해 놓았다는 것만으로도 용서받기 어려웠다. 하지만 유산한 몸에 링거 주사를 맞고 있는 산모에게 제대의 통지서를 내밀었던 순간은 억장이 무너졌다. 제대한다고 좋아하며 강릉으로 가자는 순진무구한 면상이 절망스러웠다.

결혼 전부터 군인이 좋았고, 군인 가족이 된다기에 선뜻 결혼했다. 겨우 8개월 동안 군인 가족으로 살아본 결과 사람이 죽어가도 들여다보는 사람이 없고 정을 나눌 사람도 없다. 몸은 이미 만신창이가 되어 회복의 시간이 필요한데 남편은 난데없이 강릉으로 가잔다. 남편은 나의 상황이나 고통엔 별 관심이 없는 것 같았다. 나 혼자만 배 안의 자식을 지키기 위해 몸부림쳤던 것 같다. 결국, 유산된 아기를 어느 산에 남겨 놓고 떠나야 했다. 주인집 아저씨와 아주머니에게 고마움을 표하고 아기에 대해 애틋함과 불행했던 나의 시간을 지워내기 위해 부엌 바닥에 흙 맥질을 곱게 했다.

삶에서 예상하지 못했던 일들을 겪고 나면 초연해져야 살아갈 수 있다. 생각하지 못한 시집살이가 시작되면서 적응하기 어려웠지만 나름대로 최선을 다했고 유산한지 몇 달 안 되어 동아를 가졌다. 남편은 봄부터 자기 이름으로 된 땅을 찾기 위해 뛰어다녔다. 그동안 형님 부부가 맡아 온 땅에서 농사일을 도왔다. 남편 없는 시집살이가 버거웠고 임신 8개월에 우울증세를 덜어내기 위해 남편 곁으로 왔다. 동아를 낳고 몇 개월이 지나자 나름대로 평온을 찾기도 했다. 하지만 또 아이를 지켜주지 못하고 잃어버리고 말았다. 그런저런 이해할 수 없는 일들이 겹치면서 다시는 여기에 삶의 터전을 잡고 살아갈 이유가 없어졌다. 점점 부정적 생각이 커지고 있었다. 그러한 날들이 계속되면서 추석이 지나고 가을걷이가 끝났다. 벌써 산과 들이 온통 하얗게 눈으로 덮였다.

시골은 겨울이 길어서 지루하지만 고요에 들어갈수록 계절을 어떻게 날지에 대해 탐색하며 시간을 보낸다. 낮이 짧고 밤이 긴 농촌의 하루하루가 일거리를 찾게 만든다. 산짐승을 몰이해 잡는다든지 설피를 만들어 눈 위를 신나게 달려본다든지, 달 밝은 밤에 모여 별의 반짝거림을 노래로 즐겨본다든지, 그런 추억이 깃들어 있는 소중한 곳이기도 하다.

누구나 행복의 꿈을 향해 최선을 불사르며 존재한다. 남편과 시어머니의 행복도 이곳에 있는지도 모른다. 그래서 그 지루함과 고요가 좋아 이곳에서 우리와 함께 겨울을 나려고 올라오신 건지도 모른다. 옥수수 통이 방안 가득하다. 이제 더는 거둬들일 것이 없어지자 따뜻한 방에 모여앉아 옥수수 알을 떼어 내는 작업이 시작되었다. 가족이 오손도손 이야기꽃을 피우며 정을 나누어야 하는 자리에 며느리의 얼굴에 웃음기 하나 없는 것은 분명 자신을 싫어하기 때문이라고 시어머니는 생각했다. 아들인 남편을 대신하여 다정하지 않은 며느리에게 한마디 할 작정으로 벼르고 있던 터였다. 어른으로 한 번은 혼을 내주고 싶었던 것에 참지 못하고 말문을 열었다.

"너는 매일 무엇이 그리 불만이냐! 얼굴 한번 펴고 사는 꼴을 못 보았다. 내가 와 있는 것이 그리 싫으냐. 너를 시집살이를 시켰더냐, 너의 친정을 흉보길 하였더냐. 한번 웃는 꼴을 못 보았으니 원.."

 마치 도화선에 불이 붙듯, 시어머니의 말 한마디에 벼락같이 제정신이 들었다. 얼마 전에 아기씨를 잃은 슬픔이 있는 줄 시어머니도 안다. 외출에서 돌아와 미역국 대신 장국을 끓여주며 아무렇지 않게 먹으라던 시어머니다. 그 시어머니도 어린 자식을 여럿 잃어버리고 가슴 아파했던 부모라는 걸 물론 알지만, 시어머니의 불평이 나의 가슴에 날카롭게 꽂혔다. 그 순간 시어머니의 훈계가 없었다면 생각으로만 요란했을 뿐 행동으로 옮기기 쉽지 않았을지도 모른다. '떠나자! 한마디 대꾸가 무슨 소용이랴.'

 이튿날 새벽, 동아를 업고 집을 나왔다. 어디서 그런 용기가 나왔는지 그 용기에 오기를 부풀려 눈 쌓인 길을 걸었다. 이제 내 아들의 인생은 내가 책임져야 한다는 생각으로 눈길을 걸었다. 가방 하나 들고 찾아왔던 집을 아기만 업고 걸어 나왔다. 그 순간이 너무나 극적이어서 가슴을 누르고 있던 체증이 한꺼번에 뻥 뚫리는 느낌이다. 눈길의 거리가 얼마이던 아기가 등에 있는 한 쓰러지지 않는다. 힘이 솟는다. 누가 잡으러 오는 것처럼 정신없이 앞만 보고 걸었다. 갑자기 친정어머니가 결혼을 극구 반대했었던 기억이 떠올랐다.

"시어머니와 같이 살지 않을 건데, 뭐. 그 사람은 직업 군인이야."

 재산을 불려 동래에서 이름난 땅 부자로 살게 된 것도 시어머니의 지혜와 노력이 있었다는 걸 아는 사람은 다 안다. 하지만 땅 부자가 된 이면에는 안좋은 평판들도 따라다녔다. 시어머니가 아닌 남편을 보고 결혼하는 거라 생각했기에, 내 앞에 놓인 까마득한 실패의 날들을 몰랐기에 누구의 충고도 귀에 들어오지 않았다. 자식을 이기는 부모가 없다 하였다. 만일 그때 친정어머니가 나를 이겨 주었다면 어찌 되었을까. 남편이 시어머니 말을 따르듯이 나도 엄마의 말을 순순히 따랐다면 이 눈 쌓인 길을 혼자 아기를 업고 도망치듯 걸어가지 않아도 되었을 것을 하면서도 아기 발을 꼭 쥐고 걸었다.

"동아야 이제 엄마와 도시에서 살자. 엄마는 여기서 아빠 일을 도울 수 없어 차라리 보지 않는 게 나아."

첫아기를 유산하던 날도 남편은 내 슬픔엔 관심이 없었다. 아기를 업고 달아나듯 집을 떠나는 나를 보고도 말 한마디 하지 못한다. 차라리 다행이다. 남편은 알토란같은 땅을 생각했을 것이고 시어머니처럼 순발력이 있게 울며 매달려 잡아보려는 용기도 없었을 것이다. 친정에 다녀온다는 말에 잠시 방심한 것을 나중에야 그 의미를 깨닫고 후회할 수도 있다. 어쩌면 아내를 잃을망정 땅을 버릴 수 없다는 생각도 했을 위인이다. 그 순간 같이 가자고 따라나설 용기를 포기한 것도 나의 칼날같이 날카로워진 행동에 기가 죽었기 때문이라는 생각도 해본다. 지금껏 말문을 닫고 살았던 아내가 오뉴월에 서리 내리듯 뒤도 돌아보지 않고 싸늘하게 아기를 업고 가는 행동에 얼음이 되었는지도 모른다. 그런 생각을 하니 통쾌하기도 하고 한편으론 불쌍하기도 하여 한번 돌아보고 또 걸었다.

그동안 큰아들 내외가 남편의 집과 땅을 관리하고 있었는데 갑자기 동생이 제대하여 오는 바람에 땅을 내어놓고 떠났다. 남편의 땅은 지역에서 제일 요지에 있었다. 마을 입구에 자리 잡은 넓은 평지에 하루해가 제일 많이 들어 사람들이 부러워하는 땅이다. 남편은 그 땅에 대한 욕심이 많았다. 그래서 군인 생활을 정리하고 농부의 길을 택하게 되었고, 가족을 먹여 살리려던 책임감과 땅에 대한 집착은 당연했다.

새벽 일찍 온통 눈으로 덮인 길을 아기를 업고 떠나는 아내를 마루 끝에 서서 바라볼 수밖에 다른 도리가 없었다. 뒤도 돌아보지 않고 빠른 걸음으로 달아나듯 걸어가는 아내의 모습에서 무엇을 깨달았을까. 말인즉 친정으로 간다고 하지만 돌아올 사람이 아니다. 그걸 알았을 때 이미 아이와 아내는 보이지 않는다. 맨발로라도 달려가 아내를 붙잡고 말해 볼 명분이 서지 않아 그대로 마루에 주저앉았다.

농촌 사람이면 일을 해야 한다. 그곳은 눈이 많이 와 겨울이 길고 농사철이 짧은 고지대 지역이다. 일년내 분주하여도 가을걷이는 잡곡뿐이다. 5월에 벼를 심어 가꾸어도 햇볕이 짧아 고생한 보람도 없이 거의 벼쭉정이로 결실은 없다. 그런 상황을 1년 동안 보았다. 미래가 보장되지 않은 곳에 뿌리를 내린다는 것은 허망하고 어리석은 일이라고 생각했다. 나는 어찌 그런 행동을 하였는지 30리 길을 걷다 동아와 얼어 죽을 수도 있는 눈길을 겁 없이 나섰다. 동아가 뼈만 앙상하여 죽을지도 모른다는 생각을 하였을 때도 집을 떠날 용기를 가지지 못했다. 그 견디기 어렵던 나날이 끝이 없을 것 같았는데 결국은 행동으로 옮기고 말았다.

눈 덮인 길에 오직 가야 한다는 생각뿐 동아를 업고 산길을 걷고 고개를 넘어 비탈길을 지나 신발이 벗겨지면 찾아 신고 넘어지지 않으려 있는 힘을 다해 걷고 걸었다. 끝이 없는 눈길은 걸을수록 몸을 가볍게 하였다. 무겁고 버거웠던 지난 일들은 걸을수록 비워져 갔다.

딸을 본 친정어머니는 아들 동아를 받아 안았다. 어머니에게 동아를 맡겨 놓고 어떻게 먹고살아야 할지 찾아봐야 했다. 아무 계획도 없이 갑자기 빈손으로 떠나온 그 겨울 거리에 나는 서 있었다. 처음 발을 들여놓은 것 같은 도시가 내가 살았던 곳인가, 낯설기만 하다. 어찌해야 하나, 이 골목 저 골목 기웃거리며 삶을 이어갈 곳을 찾아 헤맸다. 다행스럽게 친정어머니 집과 가까운 곳 20-5번지에 자리를 잡게 되었다.

번잡한 골목 20-5번지는 술집들이 집결하여 집단으로 생업을 이어가고 있는 곳이다. 그 한곳에 자리를 잡았고 밤늦은 시간에도 물건을 대어주는 작은 가게를 시작하게 되었다. 나는 이제 작은 것에서부터 만족해하며 남편 없이도 얼마든지 살아갈 수 있다는 자신감이 생겼다. 이제 동아가 밭두렁에 앉아 흙을 집어 먹지 않아도 되고 밭두렁에 누워 잠을 자지 않아도 된다. 하루아침에 뒤바뀐 현실이 꿈만 같았다. 결혼 2년 동안 인생의 막장을 걸었고 다시 소생할 수 없을 것 같았던 나의 인생길에 이제는 내 아들 동아가 있다. 그동안 불만의 씨앗만 키워온 엄마도 환경의 변화에 적응할 준비와 능력을 키워 보여줄 수 있을 것 같았다. 그곳을 떠나온 길이 오직 자식에 대한 사랑이라면 누가 무어라 할 말이 있겠는가.

곡식이 자라는 곳에 그 무성한 풀을 보고도 뽑아주지 못하는 절박함도 감당할 수 없었거니와 그 일상이 숨 막히고 견디기 어려웠던 것은 시어머니와의 관계 때문이었다. 시골에 잠시라도 머물렀던 걸 보면 그곳과의 인연도 내 인생에서 비켜 갈 수 없는 한 장면이 아니었나 싶지만, 그렇게 각인 된 곳이다 보니 다시 돌아보고 싶지도 않은 곳이 되었다.

이제 내가 할 수 있는 일을 시작하였다. 아들 동아가 자유로이 이 골목 저 골목을 신이나 걸어 다니며 신기해하는 모습을 보며 이제는 바랄 것이 없다. 웃으려 하지 않아도 웃음이 절로 나오는 이것이 행복이지. 아이와 나의 시간 속에 과거의 우울함을 넣고 싶지 않았다. 살아 있다는 것은 스스로 개척해 나가는 기쁨이 있기 때문이다. 새롭게 정진해가는 내 인생 첫 출발에 몸은 고달파 힘겨울지라도 "감사합니다. 고맙습니다." 말을 배우기 시작한 내 아들 동아를 보며 무엇하나 부러울 것이 없다. 크지 않은 가게라 해도 하루하루가 분주하여 다른 생각에 빠질 여유가 없다. 몇 달이 지나자 장사 소관도 제법 나아지는 게 느껴졌다.

남편은 아내와 아들이 떠난 자리에 홀로 남아 아무것도 손에 잡히지 않았다. 혼자 무슨 영화를 보겠다고 아등바등할 것인가. 농사철이 오기 전에 밭과 논을 팔기로 마음먹었다. 외양간에 어미 소 두 마리와 송아지 두 마리가 있다. 소가 커가는 것을 볼 때마다 금방 부자로 살 것 같았는데 모든 게 다 무너졌다.

시어머니는 집으로 내려가지 않고 아들 밥을 챙겨주면서 며느리가 돌아올 것을 기다렸지만 남편의 생각은 달랐다. 시어머니 몰래 소 네 마리와 알토란같던 땅을 내놓았다. 농사철이 되기 전에 살 사람을 물색하느라 분주했다. 암암리 소문을 듣고 땅 살 사람이 나타났다. 농촌에 돈 있는 사람이 없다 하여 걱정하였는데 흥정하러 온 사람이 있었다. 남편은 이제 땅에 대한 욕심과 집착을 내려놓은 상태다. 모든 것이 부질없다는 생각이 강하다 보니 남편은 상대방의 흥정대로 모든 걸 넘겨 버리고 강릉으로 직행하였다.

남편이 멋쩍게 웃으며 나타났다. 밖에서 놀고 있던 동아를 반겨 안았다.

"소도 밭도 논도 다 팔았어."

남편을 쳐다보는 내가 낯설었는지 멋쩍게 다가와 말을 걸었다.

"뭐!! 미쳤네! 어머니가 허락하던가요?"
"어머니 허락이 무슨 소용이야? 내 것인데.."

나는 또 입을 닫아야 했다. 말하고 싶지 않았다. 남편은 칭찬이라도 바랬던 걸까. 시어머니가 달갑지 않은 것은 사실이지만 남편에겐 자기 어머니가 아닌가. 아들이 부모와 의논 한마디 없이 몰래 전 재산을 팔아버렸다고 생각하니 그 어머니의 허무를 보는 것 같았다. 며느리가 못마땅하여 훈계의 말 한마디 하려 했을 뿐인데 혹 떠나버린 며느리가 원망스러우면서도 아들에게 내심 미안했을 것이다. 그 아들이 어머니를 배신했다. 시어머니에게도 남편은 아픈 손가락이다. 어려서부터 잦은 병치레를 하는 바람에 시어머니의 애간장을 태웠다고 했다. 그런 아들의 행동에 가슴이 무너졌을 시어머니를 생각하니 남편의 얼굴을 쳐다보기도 싫었다. 남편이 천직으로 생각했던 땅을 팔아버린 것도 놀라운 일이지만 같이 있던 어머니를 속인 것은 더욱 놀라운 일이었다. 남편이 저지르고 온 일이 나로 인해 일어난 것이기에 이제는 시어머니를 배반할 수 없겠다는 생각도 들었다.

"당신은 거기서 어머니와 농사지으며 살았어야지. 나는 당신과 함께하지 않을 건데."

죽을 둥 살 둥 눈 덮인 길을 동아를 위해 걸어왔던 몇 달 전 일이 생각났다. 어찌 살까 했어도 보란 듯이 동아와 잘살고 있지 않은가. 남편의 출현으로 다시 살아나는 먹먹함을 어찌한단 말인가. 남편이 그리 빠르게 찾아올 줄 몰랐다. 남편의 초췌한 모습을 보는 순간 가슴이 답답하다. 더는 어쩌지 못하는 건가.

동아도 아빠 품에서 떨어지지 않는다. 몇 달 동안 모든 생각에서 벗어나 행복했었는데 또 엉켜있어야 한다는 생각에 화가 났다. 이제 찡그린 얼굴로 살지 않으려 했건만.

"땅 판 돈은 나와 상관도 없고, 원망을 듣고 싶지도 않아요. 나는 나대로 동아와 잘살고 있으니 당신 일은 알아서 해요."
"동아를 데리고 떠난 뒤에 무엇이 잘 못 되었는지 생각해봤어. 하나에서 열까지 다 내가 잘못을 했더라고. 후회했어. 당신 없이 내가 어떻게 살겠어? 동아는 어떻고.."

이 남자와 결혼한 이후 그렇게 속 말을 길게 해 본 건 처음인 것 같았다. 남편은 정말 반성하는 말투로 얼버무리며 동아를 안고 천연덕스럽게 굴었다. 아무 계획도 없이 그 애착하던 땅과 소들을 팔았다는 남편의 처지도 안쓰러웠다. 그 돈으로 도시에서 할 수 있는 것이 있을 거라는 생각도 들었다. 하지만 그 무엇이든 나와 연관 짓지 말라며 못을 박았다.

작은 구멍가게 운영은 남편의 손을 빌리지 않고도 혼자 할 수 있었다. 며칠이 지난 어느 날 어찌 알고 번잡한 20-5번지에 시어머니가 찾아오셨다. 시어머니가 생각하기에 그 많은 돈이 며느리 손에 들어가지 않을까 밤잠을 설쳐 생각하다가 찾아온 것이다. 세 사람이 겨우 누울 정도로 작은 방에 무작정 발을 들이밀며, 자리에 앉기도 전에 무엇이라도 꼬투리를 잡아야 한다는 식으로 따져 묻기 시작했다.
"겨우 한다는 짓이 이것이냐? 장판에서 술을 팔아? 아이에게 무엇을 가르치려고. 이걸로 먹고나 살겠니? 그래 땅 판 돈은 어찌할 것이냐?"

별다른 대꾸도 없이 나는 그냥 서 있었다. 남편이 시어머니 앞을 가로막았다.

"아무것도 상관마. 이제 우리가 알아서 할 거니까."
"너희가 무엇을 안다고 알아서 해! 아무 소리 말고 어미에게 맡겨라, 땅을 사든지 논을 사든지 너희 돈은 한 푼도 쓰지 않고 땅으로 대신해 놓을 테니."
"어머니, 제 나이 서른이 넘었어요. 아들도 있고요. 집을 사든 땅을 사든 제가 알아서 할 겁니다. 상관하지 마시라구요!"

모자가 서로 각을 세우고 쳐다본다. 시어머니가 알뜰히 모아서 사준 땅이니 잘못될까 봐 애가 타 찾아오신 것은 이해해야 했다. 그 땅이 없어도 나는 동아와 잘살아 갈 수 있다는 자신감을 시어머니에게 보여주고 싶었다. 남편은 무슨 큰 결심이라도 한 것처럼 시어머니 앞에서 나를 보호하는 것처럼 시어머니 말을 무시하였다. 시어머니는 언제나 철부지로 보이는 아들이 잘못하여 전 재산을 다 날리면 어쩌나 하는 걱정에 한달음에 찾아오셨겠지만 아들의 행동이 예전과 다르다는 것을 감지하고 처음부터 세게 나오는 것 같았다. 남편은 결심한 듯 이제 부모에게 휘둘리지 않고 재산에 대해서도 부모의 간섭 없이 알아서 할 거라고 선언했다.

그 돈이 어떤 돈인가. 부모가 먹고 싶은 것 먹지 않고 입고 싶은 것 입지 않고 쓰고 싶은 것 쓰지 못하고 모아온 돈으로 마련해 준 것이 아닌가. 어차피 마음대로 쓰지 못할 것을 안다. 차라리 집보다 땅을 사 시어머니나 시아버지가 관리해 주는 것이 나을 것이라는 생각이 들었다. 작은 가게라도 하다 보면 돈에 대한 욕심이 생겨 무슨 일을 벌일지 알 수 없다는 생각도 들었다.

"그 돈은 어머니가 가지고 가셔서 논이든 밭이든 사서 관리해 주시면 되겠네요. 저는 그것에 관심이 없어요. 남편도 이제 같이 살고 싶지 않고요."
"그 말은 어디서 배운 버릇이야? 한번 맺어진 인연인데 그런 말을 그리 쉽게 입에 올리면 안 된다. 땅은 언제나 거짓말을 하지 않아. 아이도 커가는데 기본재산이 있어야 자식 공부도 시키지. 기왕 도시로 내려왔으니 열심히 살아 봐라. 그 돈으로 땅을 사두면 무슨 일이 생겨도 밥은 굶지 않고 살 것이니, 모두 너희를 위해 하는 말이니 믿어라. 너희 돈은 한 푼도 건드리지 않는다. 그러니 남편과 안살겠다는 그런 말은 입에 올리지도 말아라. 동아가 들을까 겁난다. 마침 우리 동리에 좋은 땅이 났다기에 알아보는 중이다."

대본을 읽고 연기하듯 후다닥 끝을 맺었다. 그렇게 남편과 시어머니는 나름의 평정을 찾게 되었고 시어머니는 얼마 후 남편 이름으로 땅을 샀다는 것을 알려 주었다. 직업이 없는 남편은 매일 대관령 아흔아홉 구비에 고속도로 새길을 닦는 곳에 일자리를 찾아다녔다. 그리고 밤마다 어디서 무엇을 하는지 가게 일에는 관심도 두지 않고 동아를 돌봐주는 일도 없었다. 어느덧 3년의 세월이 흘렀다.

나는 임신한 몸으로 밤마다 번잡한 20-5번지 밤거리 작은 가게에 붙어 장사에 몰두하였다. 가게 일이 힘들어서인지 몸이 불편한 것을 인지하고 유산기가 두려워 가까이 있는 홍 산파 의원을 찾았다. 의사는 5개월 된 아기를 이리저리 만져 아기 자리를 바로 잡아주면서 탕약 두 첩을 달여 먹으면 괜찮을 거라고 했다. 그리 쉽게 아기 자리를 잡아주는 의사 손이 신기하여 또 한 번 가슴을 쓸어내렸다.

아기가 안전해지니 잠도 많아졌다. 밤 1시까지 가게 문을 열어 두어야 하는 20-5번지에는 골목을 찾는 남정네들이 끊이지 않았다. 하지만 나는 그러거나 말거나 피로한 몸에 쏟아지는 잠을 이길 수 없어 길가에 긴 의자를 놓고 창피를 무릅쓰고 누워 있었다. 남편은 여전히 산모의 어려움을 생각할 줄 모르는 위인으로 어디서 무엇을 하는지 밤마다 보이지 않았다. 화가 나기 시작했다. 주위가 모두 술집이라 남편이 있을 만한 곳은 뻔했다.

그곳 방문을 열었다. 남편은 얼굴에 취기가 가득하여 기분이 좋아 보였다. 남편과 마주 앉은 아가씨는 남편과 술상을 사이에 두고 정다웠다. 나는 그녀가 남편과 가까이 지낸다는 것을 알고 있었다. 그 모습을 보고도 한마디 말도 하지 않고 가게로 돌아왔다. 어느새 나는 시골을 떠나온 것만으로 만족하고 있었고 남편 행동이 여전하다는 것에 그다지 분노도 느끼지 않았다. 배 속의 아기가 무사하다는 것만이 중요했는지도 모른다.

산달이 다되었기에 언제 출산할지도 몰라 불안했다. 그 날따라 아기가 나올 것 같은 기분이었다. 아침에 남편이 꿀을 가져온다고 집을 나갔다. 산모의 예감은 적중했다. 오늘 내로 아기가 나올 것 같아 남편에게 그날로 돌아오라 하였는데 돌아오지 않았다. 새벽 1시가 되자 술집에서 주문이 많아졌다. 산통은 점점 심해지는데 혼자서 어쩌나 배를 보호하며 1시까지 버텼다. 동아와 달리 짧은 통증으로 둘째 아들을 낳았다. 혼자 바느질 품삯으로 아이 둘을 키우며 사는 옆집 아주머니를 불러 탯줄을 자르게 하였다.

이제 아이 둘의 엄마로 새벽에 일어나 밤 1시까지 혼자 장사한다는 것은 남편 도움 없이 감당하기가 힘들어졌다. 남편은 여전히 공사장 일을 하고 있었지만 나는 되도록 안전한 직장을 가졌으면 좋겠다는 생각을 하고 있었다. 또한 살길을 열어 주었던 20-5번지 밤거리가 이제는 시어머니 말씀처럼 아이들 교육에 도움이 되지 않는다는 걸 깨달았다. 밤마다 술에 취한 남자와 여자들이 엉켜 희희낙락 거리를 활보하는 모습은 아이들에겐 좋지 않았다. 엄마로서 이곳이 오래 자리할 곳이 아니라는 걸 차츰 인식하게 되었다. 남편이 술을 좋아하는 것도 다른 여인을 가까이하려는 심사도 눈에 거슬렸다. 이제 어느 정도 경제활동을 해보았다고 생각하여 다른 직종의 사업을 물색했다. 다행히 그즈음 남편이 취직되었다. 화천수력발전소 직원으로 3년의 경력을 쌓아야 다시 강릉으로 온다는 조건이 있었다. 제안을 받고는 남편은 가족을 두고 갈 수 없다고 했다.

"3년 동안 나 혼자 해 볼 거니까, 걱정말고 직장을 가져요."

적은 월급이라도 직장이 있어야 안정적인 생활을 할 수 있다고 하며 남편을 독려했다. 그렇게 남편과 다시 떨어지게 되었다. 동아가 4살, 둘째 창아가 8개월이 됐을 무렵이었다. 혼자 꾸려간다고 하였지만 어렵다는 것을 알았다. 더는 몸이 버텨내지 못할 지경에 이르렀다. 옷 가게를 준비하던 것을 포기하여야 했고 남편이 있는 화천으로 짐을 옮겨 갔다. 그곳의 3년은 오롯이 남편과 아이들을 위하는 마음으로 살았다. 결혼생활 처음으로 아이 엄마로서 평범한 일상과 여유로움을 누렸다. 또래의 엄마들과 이집 저집 몰려다니며 정담의 시간을 보냈고 우정도 쌓았다. 그렇게 굴곡의 시간은 망각 속에 묻어 두고 동아가 8살이 되었을 때 강릉으로 옮겨 왔다.

아이들이 커가면서 부모는 계절이 꽃을 피우듯 자식을 위해 꽃샘바람이 되기도 하고 아름다운 봄 아지랑이 역할도 한다. 학문적 지식이 모자라는 엄마라도 평생 간직해야 할 기본 상식을 자식에게 주입 시켜 그 자식이 또 그 자식에게 사람으로 살아갈 때 지켜야하는 지침들을 익히게 한다. 남의 물건을 탐내지 마라, 어른을 보면 인사해라. 인성교육이 어떤 배움보다 앞서 있어야 하며, 남자는 남자다워야 하고 여자는 여자다워야 한다는 등의 가르침이다.

먹여주고 입혀주는 것에 대한 부모 나름의 생색이었는지 말끝마다 '하지 마라, 하지 마라' 제지의 말 뿐이었던 것 같다. 자식이 잘한 것에 대한 칭찬과 용기를 주는 말 한마디 해 준 기억이 없다. 사랑의 표현방식을 훈계에만 두고 살았지만, 아이들은 그런대로 곧잘 따라주었다.

동아가 고등학교 3학년이 되었다. 부모라면 누구나 아들이 좋은 대학에 들어가 출세하기를 바란다. 따로 과외 한번 시켜준 적 없어도 그리되기를 바라고, 어느 정도 가능성도 보였다. 하지만 어느 때부턴가 동아가 방과 후 시간에 남녀 학생들과 어울려 매일 밤 술 파티를 벌인다는 소문이 내 귀에 들어왔다. 한창 공부에 몰두하여도 될까 말까 하는 중요한 시기에 포교당에서 매일 밤 친구들과 놀이에 빠져 있다는 거였다.

"포교당에서? 포교당은 절인데 공부하는 애가 거기는 왜 가?"
"고등학생들이 하는 동아리 모임에 동아도 있대요."

포교당 뒤에서 장사하는 집안 조카가 귀띔해 주었다. 매일 10시 야간 자율학습 시간이 끝나면 어김없이 집에 들어오는 애인데, 믿어지지가 않았다. 엄마 말이라면 고분고분했고, 한 번도 어기지 않았다. 더욱이 고 3이 되어 그러고 다닌다는 건 수능을 포기했다고밖에 볼 수 없었다. 고등학교 2학년까지 우수한 성적이라 나름 기대하는 바가 있었기에 이렇게 돼버리니 자식에게 세심한 관심을 가지지 못한 게 후회가 되었다. 동아는 전기에서 밀려나 결국 후기 대학에 입학하게 되었다.

작은아들 창아도 사춘기에 들어 있었다. 큰아이와 다르게 주말마다 빠짐없이 가방을 메고 집을 나가는 작은 아들이 독서실에서 수능 준비를 하는 줄만 알았다. 하지만 책가방에는 공부할 책을 넣고 다닌 것이 아니라 찬송가와 성경책을 넣고 교회로 가 마음을 다스렸다. 어느 날 남편이 작은아이 가방을 점검하면서 들통났다. 물론 동아만큼 엇나가고 이상한 친구들과 어울린 것은 아니었다. 집안의 가풍은 불교를 믿는 것이었는데, 교회를 다닌다는 것은 가풍과 부모를 거스르는 일이라며 남편은 강하게 반대했다. 나름 작은아이도 엇나가려는 마음을 신앙의 힘으로 다스리려 노력했던 것인데 아빠에게 이해받지 못한 상황이 되자 눈이 퉁퉁 부어오르도록 슬퍼했다.

동아와 달리 창아는 고집이 있는 아이다. 어릴 때 잘못에 대한 벌로 상처를 주었던 일이 생각난다. 조용한 말로 타이르면 되었을 법한 일에 기를 세워 잘못을 훈계하고 말았다. 그것이 미안하여 예쁜 강아지 한 마리를 작은아이에게 사주었다. 아이는 품에 안고 예쁘다며 정성스레 이름도 지어 주었다. 사랑스러워 품에서 놓으려 하지 않았다. 밤이 되자 강아지를 안고 방에서 재워야 한다는 아이들의 당연한 사랑 방식에 나는 또 훈계로 맞섰다. 강아지가 귀엽다고 안쓰럽다고 해서 사람이 생활하는 방에 들이면 안 되는 것이라고 자식의 기를 꺾어 가며 밀어붙였다. 강아지는 바들바들 떨면서 목줄에 묶인 채로 집에 온 첫날부터 마루 밑에서 무서운 밤을 보내야 했다. 어미 품을 떠나 낯선 곳에서 얼마나 무서울까 하는 생각은 들지 않았다.

아이들은 강아지가 불쌍하고 안쓰러워 학교 공부가 끝나면 바로 집으로 달려와 강아지를 안고 놀았다. 엄마에게 배우지 못한 사랑의 표현방식을 강아지를 만나면서 표현하고 배워나가고 있었다. 한창 돌봄을 받아야 했던 시기에 엄마로 인한 가정 분란과 엄마의 병적 환란을 바라보아야 했던 두 아이는 정서적으로 큰 혼란을 겪었을 일이다.

큰아이가 제대하고 대학을 마쳤다. 서울에 직장을 원하길래 방을 얻어 주었다. 이곳저곳 직장을 옮겨 다니며 정착하지 못하더니 다행히 한 직장에 2년 동안 다니고 있었다. 그럭저럭 버티며 잘 사는 줄 알았다. 하지만 서울 생활 2년이 되어가던 어느 날, 뜻밖의 전화를 받았다.

"엄마 나 강릉으로 내려갈까 봐요. 직장에서 잘렸어요."

대학을 졸업한 청년이 사회 주역으로 나가야 할 시기에 IMF가 터졌다. 다니던 직장에서, 자리 잡고 싶었던 조직사회에서 밀려난 동아는 고향으로 돌아오겠다고 한다. 작은 도시에서 무엇을 하며 먹고살 것인지 걱정이 되었지만 차마 오지 말라 하지 못했다.

젊음의 첫 시작에는 어느 시대에나 어려움이 있다. 동아가 생각했을 서울은 꿈의 세계였을 것인데 처음부터 직장 일이 마음대로 되지 않는 데서 오는 실망이 그리 결정하게 하였을 거라고 이해했다. 자식 일에 부모가 이래라저래라 할 수 없거니와 자식에 대한 집착이 강한 엄마였다 해도 제 앞일은 스스로 알아서 판단할 문제이기에 간섭할 수 없다.

갑자기 직장을 그만두고 연락 두절 상태가 되었다. 동아가 다니던 직장에서 무슨 일이 있었는지 4~5일이 지나도록 어디를 갔는지 도통 알 수 없었다. 동아의 행방이 묘연한 상황은 많은 생각을 부추기게 하였고 밤잠을 못 이루게 했다.

동아는 학교 친구들보다 포교당에서 사귄 남녀 친구들이 더 가까웠다. 고등학생 때 우리 집을 자기 집처럼 드나들고 살았던 친구들은 대부분 다른 지방에서 온 친구들이었다. 먹고 자고 할 때 "어머니, 어머니" 살갑게 아들처럼 고마워했던 아이들이 이제 각기 다른 곳에서 결혼도 하고 직업을 가지고 안정을 찾아 살고 있었다. 동아는 그들과 여전히 우정을 이어가고 있었다. 그렇게 우리 집을 자기 집처럼 드나들었던 무리 중에서 동아가 형이라 부르며 특별히 대했던 친구와 5일 만에 집에 왔다. 아들의 상태를 살펴보고 아무 일 없이 돌아온 것에 고마워하며 먹을 것을 챙겨 먹이고 무슨 일인지 물었다.

"잘 다니던 직장은 어쩌고 어디서 뭘 하고 왔어?"

동아는 아무 말이 없다. 동아와 함께 온 형이 말한다.

"서울에서 사업 설명회를 듣고 왔어요. 어머니도 차가 있으시잖아요. 정부에서 세금으로 받는 자동차 범칙금을 개인사업으로 준대요. 그 사업에 대한 설명회를 듣고 동아와 함께하기로 했습니다. 어머니, 이 일에 대한 책임은 제가 지겠습니다. 동아는 저를 믿고 따랐을 뿐입니다. 어머니, 저희를 믿어 주세요."

"직장이 있어야 결혼도 하고 안정된 생활을 할 게 아니냐. 엄마는 그런 사업에는 반대다."

동아는 여전히 아무 말이 없다. 엄마 말에 토를 달아본 적이 없는 아들이다 보니 모든 걸 형에게 일임하는 것 같았다.

"어머니 이 기회는 잡아야 해요. 현금 30만 원만 투자하면 돈은 저절로 들어옵니다."

어머니, 어머니 하는 바람에 화를 낼 수도 없어 참아야 했다. 아들 소식이 없는 동안 부모는 잠을 이루지 못하고 무사하기만을 빌었다. 생각해보면 많은 사람들이 차를 갖고 있다. 범칙금 한번 내보지 않은 사람도 드물 것이다. 나도 차를 가지고 있고, 심지어 자동차 운전자는 계속 늘어날 것이다. 아이들의 말대로 정말 그리될 수도 있겠다는 솔깃한 마음도 들었다.

이제 아들의 바람을 막을 수 없겠다는 생각이 들었다. 그나마 아무 탈 없이 집에 온 것을 고마워해야 한다는 생각으로 농 속에 모아두었던 신권 30만 원을 내어놓았다. 동아가 아니어도 동아가 믿고 따르는 형이 한다는데 그만한 돈은 내어주어도 된다고 생각했다.

"어머니의 돈 30만 원이 저희 첫 사업자금이 되었네요. 사업은 저희가 할 것이니 어머니는 들어오는 돈만 챙기시면 됩니다."

 어머니, 어머니. 내 아들도 그리 정답게 불러주지 않는다. 두 녀석의 얼굴에 화색이 돌았다. 다른 집 같았으면 호통을 쳐 나무랐을지도 모르지만, 아이들의 말대로만 된다면 좋겠다는 기대로 건넨 돈 30만 원이 두 녀석의 기를 살려 주는 꼴이 되었다.

 하지만 어리석음에서 오는 판단은 후회를 남긴다. 자동차 범칙금은 나라가 받아야 할 세금인데 개인에게 넘겨준다는 말은 믿는 사람만 믿었다. 주로 직장을 가지고 있지 않은 젊은 층에서 덤벼들었다. 돈 30만 원으로 금방 뭐가 이루어지는 것처럼 두 녀석은 신이나 형이 살고 있는 동해시로 함께 갔다.

 형은 부산사람이다. 삼촌이 있는 강릉으로 와 고등학교와 대학교를 나왔다. 학교 다니는 동안 동아를 자기 동생처럼 챙겨주어 동아도 친형처럼 따랐다. 언변이 타고 난 그는 결혼도 서슴없이 했다. 아이도 하나 있다. 동아는 잘 다니고 있던 직장에서 생각지도 못한 억울한 일을 당하였고 그 심정을 부모보다 더 가깝게 지내는 형에게 말했다. 형은 그 사업에 대해 이미 솔깃하여 있던 상태에서 동아의 고민을 발판삼아 과감히 서울행을 택하게 된 거였다.

 동아가 그 형에게 정을 쏟은 것은 청소년 시절부터 가장 가까워야 할 가족에게 마음 전하지 못하고 살았던 상실과 아픔이 있었기 때문이다. 엄마의 행동을 이해하지 못하고 숨죽이고 살았던 때 아빠는 밖으로만 돌았다. 엄마는 아이들과 언어의 벽을 쌓고 자식을 먹이고 입히는 기본적인 것만으로 모든 의무를 다한 것처럼 그 이상 돌보지 않았고 엄마의 자존 회복에만 신경을 쓰고 살았던 탓이다. 부모가 되어서 정서적으로나 인간적으로 가정의 행복에 최선의 노력을 하지 못했고 아이들에게 안정과 제대로 된 사랑을 가르치지 못한 것에 책임이 있어 늘 미안한 엄마였다.

맏이로 태어나 엄마를 이해할 수도 감당할 수도 없는 상태로 성장과정을 보냈던 동아는 외로움의 시간을 포교당에서 만난 친구들과 함께하면서 사회성을 배웠던 것 같다. 어릴 때부터 줄곧 성적이 상위권에 있었지만, 고3이 되면서 한계를 극복하지 못해서인지 그것으로 인한 엇나가는 마음을 다스리지 못하고 불량 학생이 되어 혼돈의 시간을 보냈다. 학교생활처럼 직장생활도 생각처럼 쉽지 않았지만, 형이란 존재가 동아에게 큰 힘으로 다가왔을 것이다.

동아는 형이 살고 있는 동해시에 가서는 한동안 집에 오지 않았다. 한참 뒤 사무실 개업을 한다며 엄마를 데리러 왔다. 사장님이라는 호칭을 남발하며 사업자 몇 명도 늘어났다고 좋아했다. 모아둔 돈 한 푼 없고 벌어본 적 없는 돈을 허비하면서 모두가 사장님, 사장님 애나 어른이나 호칭을 높여 부르는 그런 분위기는 귀를 불편하게 했다. 돈 30만 원을 투자하면 무조건 사장님이다. 돼지머리를 사놓고 그 앞에 절을 하라고 한다. 나는 아직 그런 것에 절을 해 본 적이 없었지만, 사업이 잘돼야 한다고 하니 주머니에서 만원 몇 장을 앞에 내어놓았다. 민첩한 진행자는 돈을 집어 돼지 입에다 물렸고 함께 있던 사람들은 손뼉을 치고 야단이었다. 다단계가 무엇인지도 모르고 아들놈 때문에 발을 들이고 말았다.

 사업을 잘하려면 듣는 귀가 솔깃하도록 사업설명을 할 줄 알아야 한다. 다단계는 동그라미 3개로 시작한다. 동그라미 3개가 삼각형을 이루어 양옆에 사람을 붙이고, 그렇게 연결된 사람 수에 따라 사업의 성패가 결정된다. 사업의 성공을 위해서는 현장경험을 통해 피드백을 받아야 한다는 조건도 따른다. 다단계사업은 전라도에서 시작되어 강원도로 올라왔다. 이미 전라도에서는 엄청난 열풍이 일어 사업자가 어마어마하게 늘어났단다. 돈 한 푼 주머니에 들어오지 않은 일에 다단계를 전수해준 자의 명령대로 전국을 돌며 현장 실습에만 열을 올렸다.

 동아는 나 외 다른 사람을 한 사람도 사업자로 참석시키지 못하고 있었다. 성과에 대한 능률이 생각에 미치지 못한 동아는 빠르게 사업에 대한 갈등을 겪게 되었다. 직장에서 일어난 일이 원인이 되어 형을 따라갔던 것인데 알지도 못하는 다단계에 빠지게 된 것에 회의를 느끼고 있었다. 지금은 이 직업이 맞지 않지만 다른 무엇이 있을지도 모를 일이라는 생각으로 덤벼들었지만, 막상 부딪혀보니 만만치가 않았을 것이다. 다단계사업은 아무나 하는 것이 아니라는 걸 알게 되었다. 그렇다고 앞으로 무엇을 하고 살아야 하는지에 대한 답도 딱히 없었다. 호언장담한 사업의 실체는 생각과 달리 사기성 있는 말로 상대의 마음을 현혹시키는 재주가 있어야 하는데 동아는 형의 동그라미 안에서 나오지 못했다.

 자신감에 넘쳐 있는 사람들은 가까운 친인척들을 가입시켜 가족이 한팀이 되어 돈을 쓸어 모을 작정으로 천지 사방으로 흩어져 있는 사돈의 팔촌까지 찾아다닌다. 다단계사업이 무엇인지도 모르면서 아들, 동생, 형의 말을 믿고 끌려 들어와 어느새 전국 일대가 범칙금 다단계에 빠져 미쳐가고 있었다.

"어머니는 돈만 챙기세요" 하던 아들놈의 재주는 엄마밖에 가입시키지 못했고, 이제는 '혹여 엄마를 이용해 잘될 수 있다면..' 하는 기대로 엄마를 사무실에 불렀다. 서울에서 사업설명을 듣고 내려올 때까지만 해도 시작만 하면 대박이 날 줄 알았다. 하지만 한 달이 다 되었는데도 공동 사업자 한 사람 가입시키지 못했고, 그 와중에도 먹고자고 전국으로 다니는 기름값과 꾸준히 나가는 비용 전체는 무슨 돈으로 해결하는지 의문으로 남았다.

범칙금 다단계에 빠진 사람들은 사회 경험이 미숙하던가, 농촌에서 농사만 짓고 사회 물정을 모르고 사는 사람들이 대부분이었다. 그즈음 전국구 단위의 총연합회가 열렸다. 전국에서 모여든 사람들이 전라도 경기장 같은 곳에 인산인해로 어마어마했다. 두 녀석은 그런 광경이 처음이 아니라 그런지 별 의미가 없어 보였다. 그곳의 분위기를 외면하고 밖으로 나와 담배만 피워댄다. 고성으로 들리는 노랫소리가 다른 생각을 못 하게 요란하다. 장소를 꽉 채운 사람들이 음악에 미쳐 춤을 추고 있다. 그만큼 부자가 되기 위한 절박함에서 오는 행동이겠지. 사업이 잘되어서 신나는 사람도 있을 것이고 나처럼 처음 동참한 사람들에게 믿음을 가지게 하려고 보여주는 광경일 수도 있다.

여전히 강원도 사업주는 검은 양복을 입고 한쪽에 모여 담배만 피우며 별 의미를 두지 않고 무덤덤으로 일관한다. 딸려온 나나 그곳에 모인 사람들은 하나같이 아무것도 모르고 그 분위기에 몰입하여 놀라고 있었다. 그만큼 잘 되어 간다, 누구나 할 수 있다, 용기를 북돋아 주는 광경이다. 인기 가수가 무대에 등장하면서 분위기는 절정을 맞이했다. 웅성웅성 돌아서 나름대로 사업에 대한 계산으로 '어디 어디 가야지' 하는 계획을 짜고 있는 것 같았다.

 범칙금이라는 상품을 입으로 설명하여 판다는 게 애매모호 하지만 설명회 현장에서 받은 강한 에너지가 행동을 부추겼다. 집에 돌아온 다음 날 나는 아는 사람들을 찾아다녔다. 다단계를 겪어본 사람은 웃기만 하고 동참하려 하지 않았다. 그들은 이미 많은 것을 알고 있는 사람들이다. 그들 앞에서는 어떤 설명을 해도 웃기만 한다. 이미 다단계에 빠져버린 사람에게는 무슨 말을 하여도 듣지 않는다는 걸 그들은 알고 있기 때문이다. 그것도 모르고 믿지 못하는 사람이 서운하기까지 했다. 그 사람 중에 30만 원을 내어줄 사람은 없겠다는 생각이 들자 계획을 바꾸기로 했다.

 할 수 있다고 했는데 직접 부딪혀보니 만만치 않았다. 생각과 달리 이루어지는 것이 없으니 담배만 피워댔던 녀석들의 마음을 알 것 같았다. 전라도 전수자가 수시로 사업 설명회를 열어 발동을 걸어 보지만 동아에게 별로 와 닿지 않았다. 나는 안 가던 친척 집들을 방문하였다. 난데없이 사업에 동참하면 돈을 벌 수 있다고 말한다. 사업에 대한 설명이 내 입에서 술술 나왔다는 것이 놀라웠다. 오래전부터 차를 가지고 있었고 사고와 범칙금을 자주 내어본 경험이 있어 설명할 수 있었다. 전라도에서 본 광경이 그림으로 남아 한 건 두 건 동참하는 사람에게 말했다.

"30만 원을 투자해서 혹시 돈이 되지 않는다면 전액을 돌려 드릴게요."

그런 말과 생각으로 접근하였다. 꼭 그리 할 것이라는 다짐도 하였고 남의 돈을 함부로 갈취할 생각은 하지 않았다. 다단계를 모르는 사람은 설득되었다. 안되면 원금을 돌려준다는 말을 믿고 투자해 준 사람이 열 사람이 되었다. 뭔가가 되는가 싶어 강릉에 따로 사무실을 내고 아들과 사업을 시작하였다.

다단계를 시작한 지 6개월이 되는 시점에 범칙금으로 인한 재판이 열린다는 소식이 들려왔다. 결과는 이 사업에 뛰어들었던 모두를 한순간에 실망케 했다. 자동차 범칙금은 신호위반, 속도위반, 주차위반 등 운전자의 의식을 깨워주기 위한 범칙금으로 나라가 받아쓸 세금인데 그것을 개인사업으로 줄 리가 없다. 처음부터 혹시나 했지만 역시나 잘못된 것에 넘어가 놀아난 격이 되었다. 사업에 참여한 추종자들의 말이 그럴듯하여 믿었던 것이 두고두고 창피하고 후회만 남았다. 일 년여 동안 전국을 혼란 속으로 빠지게 했던 다단계의 물결은 강원도로 올라온 밀물이 성과를 이루지 못하고 썰물처럼 빠져나갔다.

재판을 이기지 못했다는 뉴스는 사업 참여자들을 기운 빠지게 했다. 불이 붙어 있던 그 많은 사람의 식어버린 열망과 허무를 무엇으로 채워야 하나. 더이상 나아갈 길이 없어졌다는 실망감은 내친김에 또 다른 다단계에 관심을 두고 옮겨 가는 사람도 있었다. 하지만 나는 그럴 생각이 추호도 없었다. 사무실을 정리하기로 하고 동아에게 의견을 물었다.

"앞으로 어찌할래? 처음부터 잘못 끼워진 단추였어. 다시 머리를 싸매고 공부를 해보든지 직장을 찾든지 해야지 않을까."
"……"
"세상이 만만하지 않은 것도 배웠잖아."
"엄마 미안해요. 무엇을 해야 할지 생각해 볼게요."

동아도 생각의 시간이 필요할 것이다. 어떻게 살아야 하는지 시간은 주어야 했다. 동아가 강릉으로 내려올 당시 서울에서의 방 보증금을 어찌할까 물었을 때 아들 통장에 그냥 두라 했었다. 그 돈이 적지 않았는데 나중에 알고 보니 아들은 제멋대로 친구에게 빌려주었다고 했다. 역시 받을 수 없는 돈이다. 병이 날 정도로 돈에 대해 가슴앓이를 하게 되었지만, 자식과 한패가 되어 벌인 일을 훈계해 본들 서로 마음만 멀어져 좋을 것이 없었다.

그동안 어미와 아들이 하는 짓이 눈꼴 사나워도 묵묵히 무관심으로 지켜보았던 남편에게 미안하고 고마웠다. 돈에 대한 출처를 대라고 한다면 가정불화라도 났을 일이다. 다행스럽게도 금방 그만둘 수 있어서 남편도 참아주는 것 같았다. 돈이란 누구에게나 중요한 것이기에 돈이 생긴다는 유혹에 발을 들이는 것은 한 번으로 족한 일이다.

다단계 바람에 함께 휩쓸렸던 시간이 허무하여도 또 다른 삶을 선택하여 살아야 하는 것이 인생이다. 하지만 동아는 또 다른 직업을 찾아야 하는 의지도 용기도 상실한 채 집에 발을 들이지 않는다. 전국에 모여든 여자, 남자, 노인 아이 할 것 없이 불이 붙어 아우성치던 장면은 눈앞에서 금방 사라지지 않는다. 이미 바람들어간 마음에 직장생활에 관심은 없었고 다단계에 집중했던 그 형은 해군에 있던 동생까지 끌어들였고, 형의 말을 믿고 평생직장을 버렸던 동생도 동아와 같이 백수가 되었다. 동아는 그들과 다시 머리를 맞대고 살길을 모색했다.

"엄마 호텔이나 모텔사업을 하고 싶어요."

자식을 가진 부모는 한시도 마음 편한 날이 없다던 부모님 말씀이 생각났다. 태어날 때부터 엄마의 눈물을 쏙 빼놓았던 아들이라 언제나 안쓰럽다는 마음으로 살았다. 그 아들이 하는 일들이 이해할 수 없어 서울에 사는 동생에게 아들을 어찌하냐고 걱정을 나누어 보려 했다. 다단계의 열기가 썰물처럼 빠져나가며 마무리될 것 같았던 바람은 아직 멈추지 않았다. 동아가 서울에서 강릉으로 오면서 시작된 일련의 사건들은 아직 끝나지 않았다.

남편이 다니던 회사에도 IMF의 여파가 왔다. 30년 회사생활이 명예퇴직으로 끝을 맺었다. 위로금으로 받은 돈으로 동아가 결혼하여 살 집을 샀다. 그것이 동아의 기를 살려 준 원인이 되었는지 아들 없는 집에 편지가 자주 온다. 동아 앞으로 날아드는 편지가 빚과 이자 독촉인지도 모르고 아들의 연애편지려니 생각하며 궁금해하지도 않앉다. 자식에게 엄한 엄마였다면 아들에게 수없이 날아오는 편지가 궁금하여서라도 뜯어보았을 일이다. 점점 아들의 신상에 위험이 다가오고 있다는 것도 몰랐다. 그렇게 안일하게 살아온 나는 친척 동생이 방문하던 어느 날 동아 이름으로 날아온 우편물들을 보여줬다.

"동아 앞으로 무슨 편지가 그리 온다."
"언니! 동아가 카드를 썼나 봐. 요즘 아이들이 부모 몰래 하고 싶은 것을 마음대로 하고 다니는 세상이야. 그놈도 분명 카드를 써서 독촉장이 매일 날아오는 걸 거야."
"카드가 뭔데?"

다단계 일을 경험했으면서 아직도 세상 물정 모르고 산다며 훈계하는 동생의 성화에 아들의 신상에 또 무슨 큰일이 생긴 건 아닌지 불안해지기 시작했다. 카드회사에 가서 명세서를 뽑아 보아야 알 수 있다는 동생의 말에 카드사 사무실을 찾았다. 이미 동아는 상황을 알고 있는지 집에 안 들어온 지 오래되었다. 동생의 직감으로 카드회사를 방문하여 아들의 이름을 대고 카드 명세서를 확인하려 하였다. 카드회사 직원이 우리 둘의 눈치를 보면서 요청을 거절했다.

"당사자가 아니면 명세서를 확인할 수 없습니다."
"엄마가 아들의 카드값 내역을 알려고 명세서를 보자는데 왜 안 되는 거죠?"

쏘아붙였다. 무어라 반박할 수 없었는지 명세서를 길게 복사해 주었다. 적혀있는 돈의 액수에 놀랐다.

"언니, 카드회사가 여기만 있는 게 아니야. 다른데도 가보자."
"뭐?"

카드회사 세 곳에서 뽑아온 명세서의 금액을 합해보니 그 액수가 어마어마하다.

"아무것도 가진 게 없는 놈에게 무얼 보고 대출까지 내준대. 어제도 500만 원이나? 지금까지 쓴 돈만 해도 기가 막힌 데 집을 담보로 대출까지 받았다고?"

아들을 위해 아파트 한 채 마련해 놓은 것이 화근이었다. 그 건물이 있었기에 카드도 겁 없이 썼을 것이고 직장을 거부하며 헛된 꿈을 꾸었던 것도 짐작이 된다. 아직 사회에 발도 제대로 들이지 못한 놈이 장래가 구만리인데 카드빚 때문에 감옥에 갈 수도 있고 신용불량으로 낙인이 찍혀 인생이 고달플 수 있다는 동생의 말에 겁이 났다. 돈을 빨리 갚지 않는다면 부지기수로 늘어나는 이자를 어찌 감당할 것이냐고 겁을 주었다.

다른 도리가 없다는 동생의 말에 두 다리에 맥이 풀려 주저앉고 말았다. 남의 돈을 마치 자기가 번 돈인 양 아무렇지 않게 써 댔다는 것은 이해해서도 용서해서도 안 되는 일이지만 돈을 갚지 않고 어찌 두 다리 펴고 잘 수 있단 말인가. 구구절절 말해본들 무슨 소용이 있나. 카드값이 얼마이든 해결하지 않는다면 부지기수로 이자가 늘어난다는 동생의 말이 무서워 해결할 수밖에 없었다. 그날 동생이 찾아오지 않았더라면 그 녀석의 인생도 어찌 되었을지. 아들이 신용불량이 되지 않도록 한 번에 해결해 줄 수밖에 없었던 건 늘어날 이자 때문이었다. 그 이후로 이집 저집에서 자식의 카드빚 때문에 눈물을 흘리는 가정이 늘어났다. 부모는 아들딸이 저질렀으니 너희가 책임지라고 감옥에 가든 빚에 몰리든 속수무책으로 내버려 두는 것 외엔 다른 도리가 없었다. 누구에게 대놓고 자식 허물을 말할 수 없는 것이 또한 부모가 자식을 잘못 가르친 죄업이다. 책임질 수 없고 감당할 수 없는 일에 자신을 과시하려다 저지른 죄업이다. 제정신을 차렸을 때는 이미 인생이 끝난 뒤거나 빠져나갈 수 없는 어둠의 삶이 시작된다. 돈은 노력의 대가다. 그 과정을 착실히 경험하면서 인생을 알고 행복의 소중함을 깨닫고 세상을 배워간다. 인생살이가 쉽지 않지만, 고생 끝에는 꼭 행복이 있다는 걸 삶의 지침으로 삼고 버텨내야 한다는 걸 아이 스스로 깨우쳐야 한다.

카드값을 해결해주고, 연락이 겨우 닿은 동아에게 당장 집으로 오라고 호통을 쳤다. 그동안 잘못을 해도 말 한마디조차 참아냈던 순간들이 쌓여 오늘의 사달을 만들어낸 것이다.

"동아야, 엄마와 약속을 해줘야겠다. 너를 탓한들 이미 지나간 후회인 듯하다. 그동안 잘못된 것에는 훈계하지 않는 것으로 하고 너의 소견은 이제 필요 없어. 공부를 해. 공무원이 되든지 자격증을 따 기술자가 되든지 선택해, 너를 위한 마지막 배려야. 이 선택을 거부한다면 이제부터 너는 마음대로 살아라. 우리와 상관없이."
"그리 말씀해 주시니 제가 숨통이 트이네요. 아버지를 볼 면목이 없었는데 고맙습니다. 말씀대로 해 볼게요. 시간이 얼마이던 열심히 해 볼게요."

인생은 한없이 스며들고 스며들어야 비로소 이해되고 아름다워지는 것인가. 드넓은 논과 밭이 펼쳐진 시골에서의 눈과 겨울은 고요함을 깨닫게 한다. 때로 그 눈길에서 목숨을 걸듯 아이를 둘러업고 집을 뛰쳐나오던 나의 모습을 본다. 숨이 차 헐떡거리고, 신발은 이미 물이 차 간신히 매달려 있는 상태다. 겨울바람은 가는 길을 막기도 하고 얼굴을 때려 멈추게도 하고 몸은 이미 땀 범벅이었지만 심장은 더 뜨거웠다.

자식을 위해 목숨을 걸고 눈길을 걸었던 그런 뜨거움이 또 있을까.

결혼한 동아는 자식 셋을 두었고, 창아도 자식 둘을 두었다. 모두들 가족을 먹여 살리며 잘살고 있다. 그동안 삶의 길에서 허비한 시간을 교훈 삼아 가장으로서 전력을 다하는 것을 본다. 인간은 집이라는 곳에 묶이기 마련이다. 떠나고 다시 만나고 더 큰 집을 얻고, 다 큰 자식들은 떠나가고 새로운 식구를 맞이하기도 한다. 그 시간이 위안과 행복을 얻기도 하지만 온갖 희로애락이 멀미 날 정도로 끝없이 반복된다. 때론 감당하기 힘들 만큼. 몇 번의 바람으로 나의 삶에 자유에 대한 갈망이 지독하게 자리 잡을 때도 있었지만 폭풍우가 지나간 자리에는 늘 고요한 기다림으로 가족이 있었던 것 같다.

평생 친구

남대천 하구는 안목 바다와 연결되어 있어 밀물과 썰물의 흐름이 완연하다. 남대천 물이 적을 때는 밀려 올라온 바닷물이 포남동 아파트 앞까지 출렁거리는 것을 본다. 밀물과 썰물의 교차점에서 나는 너를 생각한다. 친구야, 우린 언제나 함께 있었지. 사랑을 배우고 행복을 배우던 그 시절을 생각해. 너와 나는 어떤 인연이었을까. 어릴 때 헤어진 산골 소녀와 도시 소녀가 기적적으로 상봉하는 것처럼 서로 얼굴을 붉혔던 그때를 생각해. 보고 싶다는 생각이 나면 강가에 서서 썰물처럼 밀려 너에게로 가고 오며 너를 그리워하였다. 그런 날들이 시간을 단련시키고 사람을 단련시키고 감정을 무디게 하여 마음속에 꼭꼭 숨기고 살았던 생각이 쌓여 부서져 버린 날들, 너와 나의 걸음은 정해져 있었기에 너는 거기에 나는 여기에 너는 너대로 나는 나대로 삶의 그 자리를 지키며 그때가 언제였는지 떠올리며 그 자리를 벗어날 수 없었던 거지. 이제 덧없는 시간 속에서 자꾸 희미해져

가는 너의 모습을 관조해본다.

 친구야, 먼 타향객지에서 정붙이며 사느라 얼마나 힘들었니. 친구란 어렵다고 할 때 마주 보고만 있어도 위로가 된다지만 우리는 그러지 못했어. 이제 먼 길을 걸어 여기까지 온 것에 위로를 해주어도 되는 시간이 되니 그저 다시 보고 싶다는 마음에 젖는다.

 무슨 일이 있어도 우리는 살아냈잖아, 3년 동안 코로나가 창궐하여 인간의 생명을 무자비하게 쓸어갔어도 희망을 유지해준 것이 있다면 삶 깊숙이 들어와 뿌리내린 정서적 공간들이 아닐까 싶어. 3년의 긴 시간은 그 기류에 휩쓸려 정신 차릴 수 없을 때도 이곳 사람들은 서로 배신하지 않고 견디어 내는 원동력이 있었어. 나와 우리와 친구로 함께하여 온 강릉의 이야기를 너에게 하고 싶은 거야.

 산의 에너지와 강물의 에너지, 바다의 에너지가 항상 옆에서 함께 수호해 주는 강릉은 서로 대화의 문을 닫고 고립과 희생을 강요하였지만 그 기운에 대처하는 에너지가 있었기에 다시 힘이 되었어. 바다와 솔숲과 강의 에너지가 몸에 배어 있는 나는 무서움에 떨지 않고 '지나가리라'는 믿음이 있었어. 너는 어찌 견디고 살았니. 나는 너를 시절 인연이라 말하지 않을래, 너는 나에게 첫정이고 첫사랑이었어. 여자로 태어났기에 서로 몸이 멀어져야 했을 뿐이야. 너는 너대로 나는 나대로 먼 거리에서 어떻게 살았냐고 물어보는 일밖에 무엇이 또 있겠니. 사는 게 빡빡하여 편지 한 통 전화도 자주 하지 못하고 살았잖아. 너가 떠난 강릉은 그 세월만큼 변하고 변하여 우리가 사랑하던 거리는 찾아볼 수가 없어졌어.

너와 내가 좋아 다녔던 동명 극장, 시민회관이 있었던 곳도 찾아볼 수 없고 언제 없어졌는지도 모르고 살았어. 너의 곁엔 언제나 내가 있었고, 한날한시에 태어난 것처럼 쌍둥이 얼굴 같다며 친구들은 부러워 말했었지. 온통 주위의 눈길은 너와 친구 하려 했던 걸 너도 알지? 인상이 좋다고. 꾸밈이 없다고 사람들은 너의 웃는 모습에 빨려 들었어. 너는 마법을 아는 소녀 같았어. 매일같이 우울해 있어도 이상하지 않았을 것 같았던 너는 소녀 가장이기도 했지. 병이 든 아버지가 떠나고 창창하던 오빠마저 금방 이별해야만 했던 그 아픔도 나와 함께 나눴었지. 나는 너에게 아무것도 해줄 수가 없었던 게 제일 가슴 아파. 그래서 너는 강릉이 싫었을 수도 있겠다는 생각을 해. 하지만 나는 지금까지 너와 헤어진 적이 없는 것 같아. 항상 어디서나 불쑥 불쑥 생각으로 와 곁에 있는 듯했어. 친구야, 너와 나는 강릉사람이야. 그것은 변할 수 없는 거지. 생각이 모자라던 시절에 나는 너를 좋아하기만 했지 너를 이해하지는 못했을 수도 있어. 너가 떠날 때 배웅하려 할 줄도 몰랐고 붙잡고 눈물 흘릴 용기도 없었던 것 같아. 지금 생각해봐도 그때는 생각이 모자라는 바보라서 그랬을 거야. 내가 먼저 결혼을 하여 너를 떠났잖아. 미안해. 작별은 내가 먼저 해 놓고 너의 그 허전함을 지금에야 헤아려볼 수 있어서 미안해. 너와 나는 시절 인연이 아니야. 언제나 생각하고 보고 싶어 하는 것을 보면 누구도 부정하지 못하는 뭔가가 있어. 그때 너에게는 운명적 올가미가 너의 초년 인생을 지배하고 있었지만 그것에 굴하지 않고 씩씩했지. 넌 일찍 철이 들어 외로워하지 않으려 항상 웃었던 것 같아.

너가 멀리 떠난 뒤 내게도 많은 일들이 있었어. 너에게로 향하던 마음에 공백이 생기는 것도 의식하지 못할 정도로 슬펐던 일 무서웠던 일들이 있었어. 그래도 흐르는 시간이 모든 걸 잊게 하고 살게 하더라. 그 삶의 굴곡을 넘고 넘어온 시간들이 어느덧 이야기로 쌓여 너와 만나면 소설책 읽어가듯 술술 죽을 때까지도 심심하지 않을 것 같은 그 이야기들을 하고 싶어. 서로 손을 맞잡고 울고 웃으며 다 풀어내고 싶은 거지. 너 말고 누가 있어 그 많은 속내를 드러내 함께 하겠니. 조용하게 찻잔을 들고 차를 마시며 음악 소리에 취해 있을 때도 너가 보고 싶고 생각나. 때맞춰 비가 대지를 적셔주듯 촉촉하게 마음이 젖어있는 날이면 모든 것을 잊고 너와 내가 걸었던 곳을 찾아가곤 했지. 그때처럼 맑은 이를 드러내며 마음껏 웃어 보고 싶어서.

친구야, 살아 보니 어때. 모든 굴곡이 너 하나의 것이 아니었지. 인간으로 산다는 것이 그런 것이더라고. 그 많고 많은 사람을 만나고 헤어지고 미워하고 좋아하며 살아왔지만, 너만은 그 긴 여정에도 언제나 그리워 생각하게 하는구나. 나에게 그런 친구 한 사람이 있다는 것도 큰 에너지를 주는 고마운 일이야. 너의 내면과 비교할 수 없을 만큼 생각이 넓지 못했던 날들이 있었지만 지금 너를 향해있는 내 마음은 진실이었고 진한 사랑이 있었다고 나는 말할 수 있어.

나에겐 너와 함께 했던 추억이 나의 소녀 시절의 전부였어. 여름이면 바다에 살았고 가을이면 버스를 타고 설악산 단풍을 보았고 겨울은 눈 덮인 나무 아래서 사진을 찍었지. 너와 나는 나비를 닮으려 꽃을 닮으려 했던 시절에 아픔이 있었고 헤어짐도 있었던 것처럼 어느 순간 나에게도 짐승과 같은 마음이 있는 것을 경험했어. 매일 얼굴을 보고 살았던 이웃이 알고 보니 사기 칠 연구만 하는 사람이었고, 아끼고 아꼈던 돈을 몽땅 이웃의 농간에 잃어버리는 꼴이 되었지. 그때 그 배신으로 생겨난 미움은 바늘 구멍에 들어갈 정도로 좁아지다가 바다와 같이 넓어져서 어느 순간 불쌍하기까지 하다가, 또 어느 날은 한마디의 말도 제대로 하지 못한 것이 분하고 억울하여 벌떡 일어났다가도 똥이 무서워서 피할까 더러워서 피한다며 이런저런 마음을 억눌러 이기느라 힘들기도 했지. 그렇게 하루가 같은 날이지만 달라질 때가 인생 공부의 시간이더라. 지나고 보니 격한 마음을 다스려야 했던 것이 건강을 유지하는 비결이 되었어. 나이 들어가면서 '그때 내가 남편을 만나지 않았더라면 우리 둘은 언제까지 강릉에서 함께 했을까' 하는 생각도 해. 그후로 너 없는 이곳에서 나는 다른 친구들을 만나고 헤어졌고, 새로운 시간의 인연들은 시절 인연으로 지나가게 두었어. 지금은 너에게로 가는 마음만 남겨놓으려고 해. 지금껏 나 하나의 이야기만으로도 어디 한 곳 닿지 않은 곳이 없는 내가 여기까지 오게 된 것이 너와 무엇이 다르겠니. 그래서 너와 내가 걸었던 그 강릉이 이렇게 변했다고, 너에게 말해주고 싶어.

내가 외로워하고 슬퍼할 때 잘 살고 있다며 위로해 주고 친구가 되어준 장소들이 있어. 너처럼 시절 인연으로 떠나보낼 수 없는 바다와 소나무, 남대천 물흐름들이야. 너는 그런 곳에서 살고 있는 거니. 이곳 사람들은 서로 애써 위로하면서도 서로 경계의 눈을 감추고 살아갔고, 짐승같이 변하려는 마음을 다스려 자제할 수 있는 능력을 키우려 노력하였지. 어려운 시기였지만 흐르는 강물에, 청정 소나무에, 깊은 바다의 에너지가 나를 있게 해주었기에 나는 평생 그들과 친구로 살아가고 있어. 언제나 깊고 푸르기만 한 것이 아니며 매일 같을 수 없는 바다는 인간을 시험하는 본보기가 되기도 하고 그 미묘한 심리를 대신 표현해 아픔이든 가슴 벅찬 감동이든 시대적 고통이든 대신 안고 표현해 주더라.

친구야, 이곳 사람은 그런 꾸밈없는 바다를 좋아하고 바다를 찾아 의논하고 타협하고 결국은 그 속에서 상생을 공유하며 강과 바다와 솔숲을 친구로 항상 가까이서 함께 하고 있어. 그래서 항상 겸손하고 정의롭게 살아가려고 노력하고 있어. 가족도 이웃도 어쩌면 너조차도 그리 가깝게 한결같이 함께 할 수 있을까. 강이면 강, 바다면 바다가 나의 인생 끝까지 함께 할 수 있는 친구가 되는 건 행복이지. 남대천 흐르는 물속의 고기들도 오가는 각종 철새들도 예외는 아닐 거야. 인간 세상이나 물속 세상이나 계절이 바뀔 때마다 몸짓이 달라진다는 걸 아니? 새들은 떼지어 모여있다가도 어떤 신호가 떨어졌는지 일제히 질서 있게 날아 올랐다가 또 물 위에 푸드득 우루룩 일사불란하게 물 위의 질서를 지키곤 해. 새들은 그렇게 한곳에 오래 머물지 않은 채 몰려가고 몰려와 자유를 즐기고, 강물 속에는 송사리 떼가 까맣게 자기들 언어로 송살거리는 모습을 볼 수 있어. 어느 어미가 저리 많은 자식을 두었는지 똑같은 키와 똑같은 모습으로 오골 오골 송살 거리는지, 보는 눈이 마냥 신기해지는 광경이야.

물속의 세상은 신의 영역이자 자연의 영역이지만 남대천은 지금도 가끔 낚싯대를 드리우고 앉아 시간을 낚으려는지 고기를 잡으려는지 한자리에 오래도록 고요를 즐기는 사람도 더러 있어. 고기들이 자라 팔 길이 만큼 커 있을 때 지느러미를 내리고 물가 수풀에서 엷은 햇볕 아래 몸을 숨기며 있는 모습은 너무나 여유로워 보여. 무엇도 의식하지 않고 즐기는 그 모습은그 많은 천적을 피해 살아 있음에 더이상 무서울 게 없는 거겠지. 팔팔했던 시기에 물 위를 몇 번씩 뛰어올랐던 열정을 다 소진하여 물고기의 몸도 늙어간다는 동정심이 생겨나.

그런데 남대천 물속 세상에도 어느 날 코로나 병이 휩쓸고 갔는지 놀라운 현상이 벌어졌더라. 풀숲에 숨어 여유롭던 나이든 고기들이 남대천 물 위에 배를 드러내고 둥둥 떠 있는 거야. 매일 똑같은 날이 될 수 없는 것처럼 가끔 죽어 있는 고기를 볼 때도 있었지만 그날과 같은 떼죽음은 처음 목격했던 거였어. 소나기가 쏟아진 뒤에 일어난 일이었는데, 물을 관찰하였더니 색깔이 평소와 달리 진흙색이었어.

남대천 고기들의 때아닌 죽음을 보니 어릴 때 일이 생각났어. 나도 너를 만나기 전부터 물을 좋아했거든. 물이 좋아 물에 빠져 죽을 뻔했던 기억도 남아 있을 정도였어. 물은 항상 조심하여야 한다는 것을 교훈으로 삼았지. 여름 장마에 물이 불으면 주전자를 들고 아버지를 따라 고기잡이하는 곳으로 가곤했던 기억이 나. 풀숲에서 여유롭게 노니는 고기를 몰이하는 것이 신이 났고, 아버지가 반두를 대고 나는 주전자를 들고 풀숲을 흔들며 고기 몰이하는 게 좋았어. 그물 안으로 들어갈 수 있게 휘 몰이하여 닿으면 아버지가 "잘한다, 잘한다" 하시며 반두를 들어 올리던 모습이 생각나. 아버지와 추억은 그것 하나뿐이었는데. 암튼 물고기들이 어디서 약을 풀었는지 배를 드러내고 둥둥 떠 떼죽음을 당한 것이 이상하고 안타까운 마음에 운동 나온 젊은 사람에게 물었어.

"물에 산소가 부족하여 죽었어요."

어찌 그리 명쾌한 해답을 할 수 있는지. 소나기가 쏟아지면서 물의 양에 비해 흙물이 넘치다 보니 산소가 부족하여 숨을 쉬지 못하고 고기가 떼죽음을 당하였다는 게 젊은이의 말이었어. 남대천 물이 적어서 그런 것이 아니라 소나기로 인해 불어난 물을 바다가 빨리 흡수시키지 못한 데서 발생한 일이라는 거야. 쏟아지는 빗줄기를 감당하지 못하고 진흙이 남대천 하류에 머물면서 산소 부족으로 늙은 고기들만 몰살당한 거지. 얼마 전에도 바다에 청어 떼가 하얗게 배를 드러내고 몰살당하여 보는 사람을 놀라게 하였던 적이 있었어. 바다에 무슨 일이 있었기에 청어가 씨가 마를 정도로 죽음을 당해야 했는지. 자연의 현상으로 보기에 뭔가 가혹한 운명의 힘이 느껴졌어. 살아야 할 생명들이 무자비하게 몰살당하는 건 어쩌면 인간에게 자연의 귀중한 생명들을 담보로 신호를 보내고 있는 건 아닌가 싶어. 인간의 생명도 불의의 사고나 병균으로 인해 죽지 않아도 될 사람들이 죽어야 하는 때가 있다지만 받아들이기 쉽지 않지. 그럼에도 또 살아야 하는 것이 생명 있는 곳의 몫이라면 또 다른 곳에는 망각이라는 게 있어 슬픔을 잊게 하기도 해. 여전히 남은 생명들이 물 위를 뛰어오르는 것을 보고 기뻐하며 들여다 보는 것도 어쩔 수 없는 인간의 모습인 거 같아.

어느덧 나도 시간이 만들어 놓은 인간 오십의 나이가 되었을 때는 몸에 이상증세가 오더라. 운동을 시작하게 되었어. 한 시간 삼십 여 분 정도를 들여 포남동에서 남대천 하구 공항 다리 밑까지 걷기 운동을 하는데, 남대천 하구에 썰물과 밀물이 공존하고 있다는 것을 운동을 시작하고 처음 보게 되었어. 물이 계속 대관령 쪽으로 올라가기에 보는 내가 뭘 잘못 보고있는 건가 싶었어. 물은 밑으로 내려가는 줄만 알았지, 물이 올라가는 것을 처음 보았으니까. 눈을 똑바로 뜨고 한참 정신을 차렸는데도 물이 계속 올라가더라고. 바다를 그리 좋아했으면서 내 주위에 썰물과 밀물이 있다는 것을 알지 못했다는 것도 신기했지.

이게 내가 매일 마주하는 강릉 모습이야. 썰물이 있는 아침이면 물이 바다로 다 빠져나간 공항 다리 밑에 작은 송사리 떼가 오골거리는 것을 보게 돼. 지난번 큰 고기들이 몰살당했을 때 안타까워했는데 풀숲에 노니는 까만 송사리 떼를 다시 보니 대견스러워 가까이 바라보게 됐어. 그 떼죽음 속에서도, 그 험한 물살에서도 어떻게 살아남았는지 어미인지 꽁지 팔팔한 큰 고기 한 마리가 새끼들 옆에서 여유롭더라. 살아남은 큰 고기가 있었다니 기적이라고 생각하게 되었어.

친구야, 너와 내가 머리를 나부끼며 걸었던 뚝방 아래 나무들 기억해? 나무들은 잎을 피우고 지우며 계절의 변화를 몸으로 느끼게 하면서 추억을 잊게도 하고 그리워하게도 하나 봐. 버드나무, 미루나무, 실버들, 수양버들을 꺾어 풀피리 부는 사람은 없지만 바람이 춤을 추게 하는 곳이지. 잎사귀가 길고, 짧고, 늘어지고, 솟구치고, 모양과 상관없이 바람은 그냥 춤을 추게 해. 바람은 강가를 떠나지 않고 여름엔 초록으로, 가을은 붉은색으로, 겨울은 하얗게 그림을 그리고 지우고 또 그리는 것을 반복하지. 하루하루가 다르듯 지나가고 지나가다 보면 어느새 하나둘 낙엽이 지고, 또 앙상한 가지에 하얗게 옷을 입혀주던 겨울도 지워내는 기적을 만들어내. 그렇게 사계절 색감에 한눈을 팔고 걷다 보면 아이가 청년이 되고 청년이 노인이 되고 어느 날 거울 속에 비친 나 아닌 낯선 얼굴을 보고도 웃을 수 있는 나이가 되는 거겠지. 친구야, 이 나이에 그리워하는 마음은 왜 짙어지는 걸까. 새들의 재잘거림과 철 따라 색을 연출하는 나무들의 기교에 귀하다 바라보며 한없이 스며들어야 허무하지 않음을 깨닫곤 하지. 그리고 눈을 뜨면 거침없이 또 걸어 가면서 하루의 산책을 시작해.

물이 흐르는 곳에 하늘을 다 안을 수 있는 집이 있고 창문 밖 아름드리 은행나무가 그림처럼 서 있는 곳이 나의 집이었어. 내가 이사를 오기 전에 은행나무가 나보다 먼저와 있었어. 은행나무에 싹이 틀 즈음이면 봄을 알리는 개나리꽃들이 뚝방길에 노란 터널을 만들어서 그 속으로 들어가면 누구나 봄날의 처녀가 되지. 경포대와 호수가에 벚꽃과 가을 바람에 간들거렸던 코스모스는 또 어떻고. 화려하지 않은 그때 그 흑백사진에 찍힌 꽃들은 함께했던 정을 남겼어. 가끔 벚꽃의 화려함에 질릴 때도 있다 하지만, 그런 봄조차 너와 내가 걸어 보았다면 결코 질린다고 말하지 않을 거야. 너무 귀하게 보지 않아도 꽃이 좋고 봄이 좋더라.

집 앞에 이어진 뚝방에도 벚나무가 있었어. 2~3년 동안 고생하며 곱게 뿌리 내린 벚나무들이 올해 처음으로 많은 꽃을 피웠어. 들여다보고 있으면 눈을 뗄 수 없을 만큼 보고 또 보는 것이 좋아서, 맨 아래 뿌리까지 붉은 꽃 몽오리를 달고 있는 작은 가지가 앙증스러워서 한가지 꺾어다 화병에 꽂아 놓고 보고 싶었지만 차마 엄두를 내지 못했지. 그 어린것이 사력을 다해 나무 가득 꽃을 피워내느라 얼마나 고생했을까. 그러다 뚝방 전체를 화려하게 장식했던 꽃들이 금방 바람에 하르르 떨어지는 모습을 보게 돼. 며칠 동안 꽃에 홀려 행복했던 시간을 지우려 급히 잎을 틔우려 하지.

　어느 날 포크레인 소리에 창문을 열었더니, 성나게 달려드는 포크레인이 벚나무를 사정없이 넘어뜨리고 뿌리채 뽑아버리고 말았어. 또 은행나무 뿌리를 들춰내고. 조금 전까지 살아 있던 나무가 토막토막으로 트럭에 실려 어디론가 사라져버린 거야. 오래도록 다져져 뿌리내리고 살던 뚝방 잔디 길이 없어지더니 차가 다니는 아스팔트 길로 변했어. 정서적 안위를 주고 다음 해 다시 볼 수 있겠다는 기대감으로 설레게 했던 뚝방에 청천벽력 같은 일이 벌어졌는데도 한마디 안타까운 말을 표현할 수 없다니. 인간은 환경적 동물이라 했던가. 또 거기에 적응하며 살아가야 하고, 무슨 일 있었냐는 듯 살아가겠지만, 이 나이가 되고 보니 변화란 존재했던 것을 지우는 슬프고 아픈 기억을 남기는 거 같아. 그 길에서 많은 사람들이 꽃을 보고 행복했던 걸 인식하지 못하고 그저 바삐 살았던 사람들은 간편한 도로로 인해 또 다른 시간적 여유로움이 생겼다고 환경이 좋아졌다고 하더라. 나무들이 사라져야 할 명분이란 것이 얼마 남지 않은 2018올림픽을 위한 길을 만들어야 한다는 데 할 말을 잃었어. 영원히 변하지 않을 것 같았던 뚝방 잔디 길은 끝내 아스팔트 길로 변했다.

　5~60년대 강릉은 대대적으로 뚝방 사업을 시작하였지. 하루 종일 흙을 날라 나무상자를 채웠던 그 무리 속에 나도 있었어. 집에서 그릇 하나씩을 들고나와 흙과 모래와 자갈들을 날라다 네모난 상자를 채우는데 어린아이, 노인 할 것 없이 가족 단위로 힘을 보탰던 때였거든.　아이들도 합심한다면 시간을 더 단축시킬 수 있는 뚝방 쌓는 일에 힘든 줄 모르고 네모난 나무상자를 채우고 채웠지. 나무상

자 하나씩을 채웠을 때 가족 대표 손목에 도장을 찍어 표시해 주었어. 하루 종일 모래를 갖다 부어도 상자 하나 채우는 속도는 느렸지만 그래도 모두가 힘을 합하여 만들어 가는 뚝이 점점 길어지는 것에 자부심이 생겼어. 부모와 함께 하는 아이들은 학교 쉬는 날을 손꼽아 기다렸고 아이들이 만져보지 못했던 돈을 스스로의 힘으로 벌 수 있다는 걸, 그것이 노동의 대가라는 걸 어려서부터 배웠어. 시민 전체가 모래와 흙을 퍼나르며 만들어 놓은 뚝이 지금의 남대천 뚝방이 되었잖아.

 남쪽 입암동 강가에는 중앙동으로 연결되는 남대천 다리가 하나밖에 없었지. 다리 밑으로 흘러넘치는 물이 마을과 가까워 장마철에 물난리를 겪어야 하는 곳이었어. 그 다리 밑 가장자리에 여울물이 생기면서 마을로 들어오려는 거센 물줄기를 돌려 다시 물길을 잡아주는 곳이 입암동 강가의 여울목이었지. 장마에 휩쓸려 내려오던 거센 물줄기를 여울목에서 머물게 하여 숨돌리게 하는 곳에 스스로 자라난 아름드리 버드나무가 숲을 이루고 있었어. 그곳은 어른, 아이 할 것 없이 놀이터로 유명하였는데, 언제나 짙은 그늘이 드리워져서 하루 종일 누구나 자리를 깔고 여름을 보냈고 밤이면 모깃불을 피우며 강바람을 즐겼던 곳이야. 그곳은 먼지 같은 모래들이 두껍게 깔려있어 사람들은 그것을 '보뭉게' 라 불렀어. 어린것들이 발을 간질이며 놀아도 걸음걸음 발자국이 남아 소꿉놀이 재미를 더해주는 최고의 놀이 장소였어. 뚝을 만들어야 하는 곳에 아름드리 버드나무가 숲을 이루고 있는데, 그 나무들이 없어져야 한다는 아쉬움을 입암동 사람들은 어쩌지 못했지. 백 년도 넘었을 남대천 강가 버드나무도 인간의 편리에 의해 사라지는 걸 원치 않았지만 뚝을 만들기 위해서는 그 나무들이 없어져야 했으니까. 수십 년이 지난 뒤 그 일들이 다시 떠오른 것은 집 앞 둑방길에 처음으로 나무 가득 꽃을 피워 기쁨을 주었던 벚나무와 한 아름 안아보던 은행나무가 한순간에 베어지는 것을 보았기 때문이었어. 누가 기억하지 않으면 알 수 없는 못내 아쉬운 추억의 한 장면이 아닐까. 지금은 어디에 그런 자리가, 그런 나무들이 있었는지조차 모르고 살아가는 미래의 아들딸들이 그곳에 무엇이 있었고 사람들은 무슨 생각을 하며 둑 길을 만들고 걸었을 지에 대한 이야기는 필요하지 않을까 싶어. 그럼에도 장마철에 물이 거세게 내달릴 때 물길을 변화시켰던 아름드리 미루나무숲이 오랜 버팀목으로 입암동을 수호하였듯이 둑이 물의 범람을 막아 준다면 입암동 버드나무숲을 다시 볼 수 없어도 좋을 것 같아. 거센 물줄기에 공포를 느끼는 것보다 아름드리 버드나무가 베어 토막으로 사라진다 해도 잊어버려야 하는 것은 잊어야 한다는 걸 배웠으니까. 버드나무 그늘 아래 다시 자리를 깔고 즐길 수 없다는 아쉬움은 있지만, 또한 물난리의 악몽도 잊어버리고 살 수 있다는 기대도 있으니까. 그렇게 둑이 완성되어 강 넓이가 정립되고 물이 제 길을 찾아 흘러가면서 과거의 일은 또 새까맣게 잊어버려도 아쉽지 않게 되는 거겠지.

  그때 남대천 물은 한없이 깨끗했어. 그 깨끗한 물에서 자란 고기를 잡으러 날마다 낚시하는 사람들도 많았잖아. 그 햇볕 쨍쨍한 날이면 물가에 빨래 보따리를 풀어놓고 빨래하는 여인들도 많았지. 엄마를 따라 나온 아이들은 낮은 물에 들어가 목욕을 하기도 하고 햇볕에 단련된 하얀 자갈 많은 곳에서 모래성을 쌓아가며 종일 엄마를 편하게 두었지. 양잿물을 풀어 삶은 빨래는 햇볕을 받아 더욱 선명하게 바람에 펄럭였고 그 깨끗함은 가슴에 담아 두었던 찌꺼기들을 말끔하게 씻어내 주는 날이 되기도 했었지. 아이들과 엄마의 하루 놀이 장소로 빨래가 다 마를 때까지 강가의 사람들은 서로 통성명을 하고 소풍 온 것처럼 즐거워 했어. 다 말린 빨래는 여인의 손길을 거쳐 차곡차곡 정교하게 다림질한 것처럼 가슴에 주름을 펴듯 곱게 펴 씻고 또 씻은 대야에 담아 어느 집으로 들어간 줄도 모르게 사라졌지.

 친구야, 여름이면 철길 아래 목욕하러 갔던 밤을 기억하니? 남자들 눈을 피해 목욕하는 날이면 밤이 깊어 갈수록 철길 다리 아래 어두운 곳으로 가만가만 스며드는 여인들이 많이 있었지. 철길 아래로 흐르는 물소리와 대관령 밤바람이 합심하여 만들어 내는 귀신 울음소리 같은 괴이한 물소리 때문에 무서워서 더 있고 싶어도 옷을 챙겨입고 떠나곤 했지. 이튿날도 입술이 떨리도록 차가운 물에 또다시 알몸을 담그고. 그런 곳이 있었던가 싶을 정도로 사람들 뇌리에서 사라진 지금의 철길 다리 밑도 시대의 변화에 쓸려가야 했지.

 강릉의 시대가 새롭게 열리는 동계올림픽이 대관령으로 정해지면서 그 환호 속에 시민들은 점차 준비 운동을 하고 곳곳에서 봉사활동을 계획하는 분주한 날들이 시작됐어. 2018 올림픽의 환호 속에 강릉은 세계의 중심에 있었고. 세계 속에 강원도가 있었어, 어찌 그리 준비를 잘했던지 올림픽의 시작인 퍼레이드는 신의 경지인지 세계를 놀라게 하였지.

 기적처럼 만나 금방이라도 북쪽으로 기차를 타고 서로 만나고 헤어질 것만 같았던 순간들은, 중앙시장을 가로질러 달리던 기차 소리는 올림픽으로 사라졌어. 언제 기차 소리를 들었던 적이 있었던가 할 정도로 모든 게 달라졌고, 그 소리를 지우기 위해 철길 없어진 곳에 나무를 심고 공원을 만들었어. 선수촌을 짓고 경기장을 짓고, KTX 전철이 서울, 강릉 간 두 시간 거리로 좁혀지는 기적은 동계올림픽이 강원도로 정해지면서 성사된 강릉시민의 염원이었던 거지. 그야말로 세계의 이목 속에서 그 걸음걸음이 바빴어. 세계로부터 새로운 바람이 불어오는 것 같았지. 중앙시장의 건물을 새롭게 개설하자는 움직임에, 가건물로 시작하여 강릉 사람들의 생계를 이어왔던 곳이 어디에 먹거리 시장이 있었던가 알아볼 수 없게 변화된 번쩍번쩍하는 문화시설들이 공간을 채워갔어. 현대식 건물에 젊은 세대 감성에 맞는 메뉴로 시장의 분위기를 탈바꿈하였던 거지. 친구야, 예전의 중앙시장은 우리의 거리였잖아. 어디에 무엇이 있고 어느 집이 단골이고, 너와 나의 이름까지 기억해주던 쌍방울 집 아주머니 아저씨가 지금도 있더라. 변해버린 내 모습에도 입술 붉었던 한곳이 남아 있었던가, 그때가 언제였는지 기억할 수 있겠니?

늘 그 자리에 그 사람들은 살아가고 있어. 다만 관광객을 위한 장사 소관이 달라졌을 뿐이야. 당연하겠지. 올림픽을 치뤄낸 곳인데. 강릉은 이제 옛 강릉이 아니야. 강릉을 찾는 관광객들은 예전과 달라진 투박하지 않는 언어와 쾌적한 환경을 반기고, 강릉은 볼거리와 먹거리가 넘쳐나는 곳이 되었어. 중앙시장도 대대적으로 변신하여 철길이었던 곳에 문화의 거리를 만들어 과거와 현재의 변화를 보여주고 있어. 남대천을 가로지르던 철길을 개방하여 차 소음 없이 걸어다닐 수 있는 시민의 다리로 만들었어. 물론 여전히 변한 것이 없는 남대천 물은 유유히 흐르고 있지. 천년이고 만년이고 그 자리에 그대로 흐르고만 있을 남대천 물을 보면 변해가는 곳에 변하지 않는 것이 있다는 것 또한 낯설지 않고 정붙이며 살아갈 수 있겠다는 생각이 들게 돼.

 달라지지 않은 곳도 있어. 내가 살던 입암동 부기촌 마을이야. 너가 강릉을 떠났듯이 나도 부기촌을 떠났다가 다시 부기촌 사람으로 살아갔어. 입암동 산지 전체를 가지고 있는 땅 부자가 있었잖아. 모두가 그 땅을 밟지 않고는 지나갈 수 없었지. 그 사람의 땅을 빌려 집을 짓고 사는 사람들이 늘어나면서 그곳에 특색있는 골목들이 생기고 구멍가게가 생기고 학교가 생기고 동사무소가 생기고 이발소가 생기고 국수 공장이 생겼지. 그곳에 사는 아이, 어른 할 것 없이 땅 주인 엄 씨의 이름을 모르는 사람이 없었어. 그 산지 땅을 빌려 집을 짓고 사는 사람들은 하루하루를 먹고 사는 사람들이었어. 말 달구지를 끌고 종일 짐을 실어날라 얼굴이 검었던 그들의 아버지가 있었지. 언덕배기를 내려가고 올라오며 힘들었던 그 하루가 고단하지 않았던 건 그 시간이 얼마이던 교육시키고 먹이고 입히며 자식의 미래를 꿈꾸었던 부모였기 때문은 아니었을까. 부기촌에 살았던 사람들은 하나같이 가난하였어도 부자였어. 땅주인이 붙여준 부기촌이란 이름은 이곳을 나갈 때는 부자가 되어 나가라는 뜻이었지. 사람들은 가난하지만 부기촌에 사는 것을 창피해 하지 않았고, 부기촌으로 모여드는 사람들이 점점 많아지면서 빈터가 남아 있지 않을 지경이 됐어. 여자들은 오징어를 찢고, 뜨개질을 하고, 날품을 팔아 생계를 이어 살지만, 집이 있었기에 마음은 부자였지.

 땅주인 엄 씨는 땅을 많이 가지고 있는 탓에 젊은 여인을 아내로 삼아 장모까지도 한집에서 산다며 입이 궁금한 사람들 사이에서 수

근거림의 대상이 되곤 했었지. 엄씨가 서울로 이사를 가고 땅을 팔기 시작했는데 그 많은 땅을 내놓아도 사고자 하는 사람이 적었어.

 부기촌 사람들은 사계절 하루도 거르지 않고 남쪽에서 북쪽의 남대천 다리를 건너 중앙 시장으로 생계를 이어갈 무엇이라도 해야 했고, 그 다리를 평생 오가며 살았던 내 어머니도 부기촌 사람이었어. 중앙 시장에 좌판을 벌이고 바다를 건져와 장사를 하며 하루에 두 번 남대천 다리를 건너가고 건너왔지. 날마다 남쪽 다리 끝에 서서 법왕사를 향해 빌었고 해가 저물어 돌아오는 길에 다리 끝에 서서 또다시 하루의 감사함을 빌었어. 한결같이 무릎이 닳도록 다리를 오가며 하루 두 번씩 기도하였던 어머니의 정성이 아들 셋에게만 있었다는 건 낯설지 않았어. 어떤 노인의 정성으로 꺼지지 않는 촛불이 끝까지 염원의 불을 밝혔다는 이야기가 있어. 글자 한 자 배운 적 없어도 그 마음이 기특하여 그 진심과 열정을 외면할 수 없었던 부처님 덕에 어머니의 아들 둘은 공무원이 되었고 막내는 서울 사람이 되었어. 그렇게 일구월심으로 아들 셋을 위해 기도하였던 어머니도 떠나셨다.

 부기촌을 떠나 나도 포남동으로 이사를 왔었어. 방 세 개가 있는 4층 아파트에 둑방이 바로 앞에 있고 강물에 비추는 자연을 매일 바라보는 게 너무나 좋았어. 살던 집을 팔아버린 건 갑작스런 일이었어. 충동적 생각으로 땅과 집을 헐값으로 팔아버리게 됐어. 부동산값이 오르려 하는 것도 모르고 한 달여 기한을 두고 집을 비워주기로 했기에 어떤 집을 사야 하는지 고민을 하던 시기가 있었어. 노암동에 있는 주택을 물색하다, 지하 1층 지상 3층인 건물을 겁 없이 흥정했지. 건물 주인도 나와 같이 집값 변동에 대한 정보를 알지 못하는 상태에서 집값 5천만 원을 불렀어. 나는 가진 돈으로는 역부족이라는 걸 알았지만 이상하게 그 집에 대한 마음을 돌릴 수가 없었어. 지하 1층과 지상 2, 3층을 세로 내놓으면 할 수 있겠다는 생각이 든거야. 겁도 없이 경험도 없이 바로 흥정에 들어갔지. 시세가 오르는 것을 모르고 그리 불렀다며 막판에는 집주인이 팔지 않으려 버티더라. 하지만 나름 교육계에 종사하던 집주인은 약속에 대한 책임을 지려고 했고 이튿날 계약하기로 날을 잡았다.

 남편과 한마디 의논도 없이 갑자기 살던 집을 팔고, 남편 몰래 주택을 물색하고 흥정했다는 것에 남편은 놀라움을 감추지 못했어. 부기촌 집을 살 때도 돈이 모자라서 남편이 힘들어했기에 적은 돈을 가지고 3층 건물을 살 수 있다는 나의 계획과 계산법에 동의하지 않았지. 남편은 불같이 화를 냈고 나 역시 꼭 사야 한다고 맞섰지. 하지만 결국 남편의 기에 눌려 포기할 수밖에 없었어. 젊음이 있었기에 겁도 없었던 때라 확 저질러 버렸다면 지금 좀 더 윤택하게 살았을 지도 모를 일인데. 어쨌든 그걸 시작으로 그 뒤로 아파트 다섯 채와 주택 두 채를 사고팔고 하는 경험을 하게 됐지.

 물이 감싸 도는 이 도시를 변화시키는 데 새로 생겨난 다리들이 중심에 있다는 건 정말 놀라운 일이야. 그 다리를 따라 재밌는 이야기들이 끝도 없이 이어지니까. 다리는 새로운 길을 만들고, 사람의 흐름을 만들고 돈과 경제의 흐름으로 도시를 더욱 변화시키고 발전시켰어. 너와 함께 걸었던 '남대천 다리'가 있었고 새마을 운동으로 놓여진 홍제동 '재건 다리'가 있었지. 그리고 옥천동에 '월드컵 다리'가 생기면서 중앙시장에 몰려있던 사람들이 동부시장으로 새롭게 합류하게 됐어.

 동부시장이 완성되면서 시청청사 다음으로 여성회관이라는 문화시설이 생겨났지. 여자들이 배우고 싶었던 과목을 선택하여 여가를 즐기려는 문화생활이 동부시장에서 시작되었고, 여자들이 점차 집 밖으로 시선을 돌릴 수 있게 됐지. 나이트 클럽이 생기고 카바레가 생겼어. 남달 다른 방식으로 여성의 존재를 깨울 수 있는 공간이었지. 여성도 차츰 야성과 본능을 찾아 동부시장이 어두워 지면 가만가만 스며들어 즐기는 것에 익숙해져 갔어.

 여성의 경제 활동이 제한적이었을 때, 동부시장에 먹거리가 생기면서 여성이 동참할 수 있는 영역이 생겨나고 독립적인 경제 활동에 동참하면서 사회가 점점 달라지게 됐어. 뚜렷한 일거리가 없었던 터라 동부시장 안은 여인들의 음식 솜씨에 열을 올렸고 남편들은 안사람을 밖으로 내보내는 데 주저하지 않았고 집안에서의 일거리가 밖으로까지 이어지자 몰랐던 여성의 존재감을 부추기는 시대적 과제로 동부시장은 최적의 장소가 되었지. 전부가 논밭이었던 시장 주변 땅을 주택가로 만들어 새로운 주거 환경을 만들려했던 시 정책으로 변화에는 가속이 붙게 됐어. 그리고 여성들의 경제 활동의 가능성이 열리기 시작했지. 집을 팔고 사서 그 이익을 챙기는데서 여성들은 경제 활동의 쾌감을 맛보게 됐고, 시청에서는 확신할 수 없었던 주택 사업이 성과를 이루게 되자, 순식간에 번듯하게 자리 잡은 주택들이 사람들의 시선을 사로잡았고 시장이 형성됐지. 시장 안에 고속버스 터미널이 들어오게 됐어. 대관령 고속도로가 완성된 것과 고속 터미널은 강릉시를 다시 한번 변화시켰지. 그 전의 동부시장은 서울행 기차가 청량리까지 12시간이 걸리는 기차역이 있는 곳이어서 역전 근처에 자리하고 있는 가게들은 전적으로 사창가를 겸한 생업 위주로 생계를 하여왔던 곳이었어. 그래서 시민들의 눈살을 찌푸리게 하였고 강릉시의 이미지를 후퇴시켰던 곳이었지만, 새로 생겨난 고속버스 터미널은 강릉에서 서울로 이동시간을 줄이고 그만큼 도시간의 거리를 좁히게 됐어. 사창가 건물이 줄을 이어 있던 곳을 새롭게 정비하는 계기를 만들었고 역전 분위기를 단숨에 바꾸어 놓았어. 간판을 달리하여야 먹고 살 수 있겠다는 아이디어로, 판자촌같이 어지럽던 간판들을 제거하고 변화된 모습에 시민들의 만족도가 커져갔지. 시장의 열기는 어느덧 시대적 열의에 동참하며 새 물결이 요동치는 곳을 향해 희망에 부풀었어.

 강릉의 모든 경제가 동부시장을 중심으로 쏠리면서 시장 안 사람들은 부자에 대한 관심이 높아졌고 자신도 부자가 될 수 있다는 용기와 희망이 생겨났어. 날마다 분위기를 달리하는 장소로 시장 안은 시끌벅적 종일 분주했지. 돈이 굴러들어오는 건 먹거리에서부터 시작하니까. 그렇게 변화의 시간은 남자나 여자나 집안에서 안이하게 시간을 보내던 사람들을 깨워 세상의 흐름을 인식하게 하고 그동안 멈춘 듯 고여있는 듯 살아온 것을 반성하며 새롭게 변화하는 사회 경제를 배우고 세상에 대한 안목을 넓혀 가게 됐지.

 한번 성공을 거두니, 하면 된다는 의지가 시 정책 사업으로 발전하면서 포남동에 '공단 다리'가 생겼어. 공단 다리는 차를 정비하는 곳으로 모든 공장이 한곳으로 집중되는 획기적 지역 사업이었고, 차들이 늘어났지. 차들의 병원이라는 개념이 생소하긴 했지만 사람들 입을 통해 차츰 그곳의 실체를 알게 되고 유명해지게 됐어. 공단으로 건너가는 차들이 많아지면서 포남동이 경제 발전의 다음 장소로 기대를 모았어. 첫 번째 동부시장 사업이 워낙 성과가 컸다보니 포남시장은 특징을 달리해야 한다는 데 주력하였던 것 같아.

 친구야, 포남동에는 연탄공장이 있었잖아. 강릉시 인구 전체의 연탄을 책임지던 곳이었던 만큼, 포남동 주위가 모두 검은 길, 검은 공기, 검은 사람들이어서 사람들이 선호하지 않는 곳이었지. 그곳으로 너와 나도 출퇴근을 하며 하루 두 번씩 걸었잖아. 그 연탄공장 옆에 하나밖에 없었던 주식회사가 나에게도 너에게도 꿈을 주었던 곳이지. 너는 아버지를 모시고 남의 집 단칸방에 살았고, 나는 기숙사에 있었지. 주말마다 너와 나의 만남은 어디든 자유로웠어.

 우리는 계모임을 만들어 주말마다 계절마다 사진을 찍어 남겼지. 나도 너도 웃었고 친구들도 함께 웃었어. 너와 나에게 그런 추억이 있었다는 게 믿어지지 않을 정도로 고마웠던 때야. 그런 날들은 우리에게 있어 최고의 전성기가 아니었나 싶을 정도로 다시 없을 멋진 순간들이었어.

 누에 고치실을 뽑아 수출하는 제사 주식회사에 너와 내가 운 좋게 합격했잖아. 너는 월급으로 병든 아버지를 모셨고 나는 집이 싫었지만 알뜰하게 모은 돈으로 부모님께 보탬을 주었지. 너와 나는 알지. 영동지방 농가 전체 수익을 담당했던 봄, 가을의 누에고치가 최고였다는 걸. 농촌은 집마다 누에를 길러 품질 좋은 상품을 만들기 위해 밤잠을 설쳐가며 정성을 쏟았었지. 그 정성은 최상품의 누에고치를 만들려고 몸을 조심하고 음식을 조심하고 키워온 누에를 소나무에 올려 고치로 만들기까지 애썼다는 걸 우리는 알잖아. 그래서 최상품을 다루는 그 기술은 섬세한 여성의 손끝에 달려 있었지. 그 시절에 우리에게 칼퇴근하는 노조가 있었다는 것도 지금 생각해봐도 깜짝 놀랄만한 일이다.

다른 대도시들에 비해 사회적으로 뒤떨어져 있던 강릉은 여성 활동이라 해봐야 양장 업종에만 가능하였던 때였어. 여성의 사회 진출이 없었던 때 주식회사가 강릉에 들어왔다는 것은 놀라운 일이었지. 여성의 인권을 변화시키고 시대를 성큼 앞당긴 주도적 역할을 했던 것 같아. 대관령 산이 높아 다른 지역 사람들과 왕래가 어렵던 강릉은 바다와 산이 전부인 탓에 어업과 농업의 소득이 경제의 대부분이었어. 아이들의 진학이 어려웠던 때 이력서를 내고 사회 첫걸음으로 취업 시험에 응시하는 마음은 떨리고 기대에 차 있었어. 하고 싶어도 할 게 없어 집안일에만 충실했던 여성들이 돈을 벌 수 있는 기회였고 멋쟁이 아가씨로 자존감을 마음껏 발휘하며 미니스커트를 입고 마음대로 활보했던 그 시절에 우리가 있었잖아.

시대의 변화는 여성들의 옷에서 온다는 것을 사실 그때 알았다. 활기 넘치던 시절의 상징이었던 명주로 만든 고급브랜드가 시들해 지면서 차츰 수출량이 줄어 들더니 공장이 문을 닫고 포남동의 화려한 시대는 막을 내리게 됐지.

우리가 하루 두 번씩 걸었던 논길이 포남동 땅부자들 전답이었었잖아. 연탄공장으로 낙후되었던 포남동에 땅을 메우고 집터를 분양하는 두 번째 사업이 시작되면서 우리가 걸었던 논둑 길도 원래 살던 포남동 사람들도 사라졌어. 논과 밭을 팔아버리는 일은 엄청난 비젼과 이익이 계산 안에 있어야 가능하지. 동부시장의 변화에도 무덤덤하던 포남동 땅 주인들이 시 정책에 동참하면서 또 한 번 새로운 시대를 열어갈 주춧돌이 되었지. 강릉은 어마어마한 사업계획이 펼쳐질 공단 다리를 중심지로 변화의 물결을 시작하게 됐어.

 포남동 상가를 가지려는 자들의 보이지 않는 암투는 길이 어느 곳으로 나느냐에 따라 상업에도 유리하다는 것을 알고 몰려들었어. 시에서는 획기적인 사업 설명회를 열어 강릉 외 다른 지역에 거주하는 사람들까지 흥분시켰어. 사람들이 모여들어 상가를 차지하려고 비밀리에 거래를 하고 경쟁이 치열하였지.

 돈을 노리는 인간들이 모여드는 곳에 금융계가 빠질 순 없겠지. 중앙시장 주변에 집중하여 있던 은행들이 발 빠르게 포남동으로 몰려들어 제2의 지점들을 내고 돈의 흐름을 독점하려 눈을 굴렸지. 놀랍게도 금융사 6~7개가 포남동에 점포를 내는 이변이 일어났어. 이 작은 도시에선 소문은 빨라. 은행들의 변화는 당연했던 거야.

 공단 다리의 출현과 포남동 시장권이 활성화되면서 전통시장이었던 중앙시장이 낙후되는 아이러니한 시대가 왔지. 그곳은 경제적 어려움을 면하기 어렵게 되었어. 흐르는 물결을 무엇으로 막을 수 있겠어. 강릉의 인구가 모두 포남동으로 쏠리며 변화의 물결에 동참하고 있는 걸 누구도 어쩌지 못하는 게 또한 한계였지. 금융계가 포남동에 몰려들면서 시민들이 아예 중앙동으로 가지 않고 가까운 곳에서 모든 것을 해결하게 되었고, 그러다보니 중앙시장을 살릴 명분을 더더욱 찾지 못하게 된거야.

시대의 흐름에 맞게 물 건너 남쪽에 있던 강릉 고등학교를 초당동으로 옮겨 왔고 초당에 고층 아파트가 생기며 포남동과 초당동 땅값이 폭등하기 시작했어. 송정동에 아름드리 소나무가 고가로 팔려나가고 그 자리에 새로운 건물이 들어섰어. 바다 쪽에 묶여있던 고층 건물 제한법이 풀리면서 한꺼번에 고층 아파트가 사정없이 들어서게 되었고, 하룻밤 자고 나면 달라져 있는 강릉시는 네비게이션이 없으면 찾아가지 못할 지경이 되었지.

시대는 변화의 물결을 일으켜 사람도 달라지게 했지만, 변하지 않는 장소도 있어서 정서적 안정을 이어가며 쉬어갈 수 있게 했어. 언제나 한결같이 아래로 흐르기만 하는 남대천과 바다를 보며 치닫으려는 욕심을 내리게 하고 롤러코스터를 타듯 혼란스럽게 변화하는 시대의 흐름 속에서도 안정된 마음을 유지할 수 있게 해주었지.

친구야, 혹시 알고 있니. 강릉단오제가 유네스코 세계무형유산에 등재된 것을. 어릴 적부터 우리의 축제 같았던 단오제는 앞으로 또 어떻게 달라지게 될까. 단오 터를 재정립하기 위해 송정동 남쪽 강가에서 18일 동안 임시 축하제를 열게 되었어. 유네스코에 등재되면서 축제의 기간 동안 송정동 남쪽 강가 넓은 곳에 터를 잡았고, 남쪽과 북쪽의 다리가 세워져야 하는 곳에 군인들이 급히 만들어 놓은 다리가 단오장을 건너오고 건너가야 할 사람들을 편하게 하는 '단오장 다리'가 된거야. 유네스코에 등재된 기념으로 18일 동안 치러졌던 행사는 처음으로 외국 상인들을 참석시켰어. 그야말로 세계유산이라는 이름에 걸맞는 축제의 모습을 갖춰갔지. 외국의 문물과 음식을 선보이게 됐고, 다양한 외국 문화에 대한 호기심이 곳곳에서 사람들의 눈길을 사로잡았어.

  나 역시 그 18일 동안 그곳에서 봉사활동을 하며 축제의 현장을 함께했지. 생각해 보면 너는 일찍부터 봉사의 마음을 가지고 살았던 것 같아. 너가 주일마다 들고 다니던 성경책 책갈피 속에는 빳빳한 지폐 한 장이 들어 있었지. 그때부터 너는 나와 다르게 자비를 알았고 사랑을 실천하였던 것 같아. 너는 그런 친구였어. 그런 의지가 너의 버팀목이 되었던 거지. 오랜 세월이 흐른 뒤 너의 사소한 행동과 습관들이 그런 마음에서 비롯됐다는 것을 헤아리게 됐고 이제 나도 즐거운 마음으로 사람들의 비위를 거스르지 않으려 하고 몸으로 최선을 다하는 봉사를 하고 있어. 그때의 너처럼 마음을 계속 다듬어 가야 한다는 것을 배웠어. 삶의 어느 지점에서 얻어진 봉사의 정신은 나에게 즐거움을 주었어. 살아가는 동안 경험한 일들이 감당못할 정도로 버겁게 느껴지면서도 지나고 보니 다 잊게 되더라. 좋아하고 사랑하는 것만으로는 10년도 못 살고 죽어버릴 거야. 그리워하고 미워하는 마음이 엉켜 사람을 단련시키고 사람으로 온전히 살게 하는 게 또한 세월이겠지.

  이해 할 수 있지. 많은 이야기들은 언젠가 풀어낸다는 것을. 잊고 지냈던 잊지 않고 지냈던 너와 이야기를 하면서 왜 이리 눈물이 나려 하는지. 다시 너를 만난다 해도 그때처럼 눈물이 날 정도로 안을 수 있을까. 너무 낯설어 금방 말문이 트이지 않을지도 몰라. 이제 그리운 것들도 낡아 부서져 없어질 텐데, 그 자리가 다시 없을 것이기에 눈가가 촉촉해지는 것일 거야. 너의 단발머리 사진을 볼 때마다 내 오빠 애인으로 소개하지 못한 것에 후회를 해. 그 말을 하였다가 너가 받아 주지 않으면 너무 창피할 것 같았어. 내가 나를 믿지 못하고 소심한 나머지 너와 내가 헤어진 것인가도 생각할 때가 있었지만 이제 모든 것이 부질없어진 너와 나잖아.

친구야, 남대천이 있고 바다가 있고 작은 소나무들이 커 어른이 된 송정 솔밭 길이 있어. 갈대밭이 있던 강기슭에 끝도 없이 공원이 조성되었고 축구장, 야구장, 롤라 경기장, 게이트볼 경기장 등 복합 스포츠 센터로 주말마다 사람들이 모여들어. 아빠가, 엄마가 아이들을 데리고 와 머리에 보호 모자를 착용하게 하고는 축구를 하고 야구를 하며 젊은 그 함성들이 강물을 건너오게 한단다. 그 아래로 '공항 다리'가 생겼어. 기존의 비행장을 넓혀 국제공항으로 만들려던 계획이 무산되면서 비행장은 양양으로 갔지. 강릉에 있어야 할 국제공항이 양양으로 가야만 했던 건 두고두고 사람들의 입을 통해 아쉬움을 남겼어. 강릉에 경제적 도움이 되어야 할 시기에 송정동에서 남항진을 쉽게 갈 수 있는 공항 다리가 비행장 없는 다리가 되었으니까. 경제적 손실은 시민의 일상으로 돌아오기도 하지만 또한 어찌 보면 강릉시민의 정서에 비행기 소음을 덜어주는 고마움도 생각할 법한 것 같아.

공항 다리의 효과는 뜻밖의 것으로 나타났어. 오고 가는 길에 병산동 먹거리 시장이 형성되면서 농촌으로 인식하고 살았던 병산동이 변화하게 된 거야. 감자옹심이, 감자적, 장칼국수, 옥수수로 된 막걸리며 닭발의 매콤한 맛이 관광 인파를 불러들였어. 여전히 강릉의 대표 음식으로 초당 두부를 으뜸으로 생각하여 찾아오는 관광객들도 많이 있지만 병산동 먹거리 시장 역시 관광객들이 줄을 서서 기다리게 됐어. 강원도는 감자바위라는 이름을 가지고 있잖아. 그 이름을 떠올리게 하는 감자옹심이, 감자적이 새삼 인기 음식으로 한몫을 했지. 농촌이었던 병산동이 직접 농사지은 채소나 감자로 음식의 맛을 더 신선하고 고급스럽게 하여 찾아오는 사람이 줄을 이었어. 먹거리 시장을 주도하던 병산동 여인들은 사업가로 변신하여 변화의 물결에 적극적으로 열의를 보였지.

시장이나 경제적 변화뿐만 아니라 아름다운 이름을 가진 다리 하나가 안목항에 생겼어. 강릉을 상징하는 마지막 다리인 '솔바람 다리'야. 안목 바다와 남항진 바다를 이어주는 솔향의 도시답게 전국 공모전으로 선택된 이름이지. 그 다리가 없을 때 낙후되어 있던 남항진 바닷길에도 새 시대가 열리게 됐어. 안목항 바다 가운데 지은 까페들이 관광객들에게 엄청난 인기를 모았지. 솔바람 다리가 생기기 전에는 남항진으로 가는 발걸음이 적었는데, 다리가 생기면서 주말이면 다리를 걸어 다니는 젊은 층이 늘어났다. 안목과 남항진 바닷길에 공중으로 이어진 철 줄에 매달려 바다 위 수상스키를 즐기듯 솔바람 다리를 건너다니게 됐지. 이름 그대로 솔바람을 안고 건너는 낭만 아니겠니.

친구야, 바다의 안개가 소나무를 단련시키고 그 해무에 시달리며 자라난 소나무가 휘어지지 않고 푸르게 절개를 지킨다는 강릉은 지금 새로운 에너지가 넘치고 있어. 수많은 이야기를 간직하고 있는 송정 솔숲에서 정신적 위안을 느끼며 자연이 주는 정화 작용이 없다면 모든 삶이 무너질 수 있다는 그 기본적 생각을 심어주는 솔숲에 감사함을 느끼지. 소나무는 자신의 영역에서 어떤 나무도 키워내지 못하도록 영역 표시처럼 솔잎을 내려 다른 나무와의 상생을 막는다고 해. 그래서 그 속에 있으면 인간도 소나무가 되어야 해. 휘어질망정 부러지지 않는 끈기와 부러질망정 휘어지지 않으려는 역사가 강릉을 수호하는 에너지야.

나는 바다의 영원을 깨워 다른 세계로 인도하기도 하고 때론 하나의 단어만으로 깨달음을 얻기도 해. 변화의 물결에 휩쓸려 살면서도 자긍심을 갖게 된 지금이 좋아. 아이들의 뇌 속도가 얼마나 달라졌는지 인정하면서도 그런 세상에 살면서 머리와 기계로만 해결하려 들지 않고 평생친구를 찾아 가까이 지낸다는 건 얼마나 지혜로운 일이겠니. 인간과 물의 관계는 생명을 함께 하는 것과 같지. 그 자연적 유대관계는 대관령 산 정기를 받아 골골에서 내려와 합쳐지는 남대천 물줄기, 또다시 그 기운을 받아온 밀물과 썰물의 교차점. 그곳에서 다시금 공존의 관계를 생각하게 한다. 이제는 욕심을 내려놓고 다시 한번 입술 붉던 그때로 돌아가는 거야.

뒷모습

그 일을 50년 동안이나 잊고 있었다니 신기할 따름이다. 막상 그 일이 깊고 깊은 심연에서 떠올랐을 때 실제로 내가 겪은 일이 맞는지 의심스러울 정도였다. 내게 너무나 위협적이라 아예 일어나지 않은 일마냥 흔적조차 남김없이 지워버렸지만, 지금 생각해보니 씨앗은 그 자리에 뿌리를 내리고 슬금슬금 내 인생을 쫓아오고 있었다. 때론 숨죽이며 없는 듯이 염탐하다가 어느 순간 뒤통수를 후려갈기며 혹은 멱살을 잡아챘다. 기회를 노리고 있던 맹수처럼.

 일상이 걸림이 없는 바람처럼 어디에도 머물러있지 않을 자유로움이 있다면 마음 세계를 단련시키는데 이력이 날 정도로 훈련이 되어 있지 않아도 그 소멸의 끝은 언제나 고요뿐이라는 걸 체험하게 된다. 뒤돌아볼 사이 없이 달려온 나의 인생 스토리는 무엇이 될까. 글쓰기를 통해 나는 그 고요함에 다다를 수 있을까.

파도와 바람의 길을 순환시킨 따스한 오월은 세상을 온통 꽃으로 장식하고 있다. 그 계절마다 아름다운 꽃이 피듯이 나도 그 나이에 맞는 꽃을 피우기 위해 무엇을 했던가. 좋은 생각이 떠오르면 무언가를 끄적이는 거였다. 무엇을 갈망하는 것이 아니라 매일 의무적 행동으로 글쓰기에 심취해보고 싶었다.

어느 날은 글이 잘되었다고 마음을 주기도 하고 또 마음에 들지 않는 날은 버리면서도 무엇이든 쓰는 것이 좋았다. 차츰 책에 대한 관심도 높아졌다. 어찌어찌 오백 년 역사 20권 전집을 읽었고, 소설책은 가리지 않고 읽었다. 그런 시간이 있었다. 상상할 수 없는 일들을 받아 안으며 운명은 나를 완성하기 위해 길들이는 것처럼 놓았다 당겼다를 반복해가며 벗어날 수 없게도 하였다.

강릉 도서관에 처음으로 소설 문예 창작반이 열렸다. 서울에서 초빙되어 오신 강사 선생님을 만나게 되는 기회가 나에게는 기적이라 여겨졌다. 그동안 놓지 못했던 미련이 그저 풀어 볼 기회를 만난 것 자체가 기쁨이었다. 놓아도 되는 것을 그것이 무엇이라고 놓을 수 없었는지 결국 그 시간을 만났다.

문학 세미나에서 강의하신 선생님이 소설창작반을 한다고 했다.

"강릉 도서관에서 지난 3월에 열었는데 몰랐어요?"

유명한 선생님이 소설 강의를 하신다는데 나는 왜 그 정보를 듣지 못했을까. 1년 가까이 진행되었던 수업에 10월이 되어서야 동참하게 되었다. 창작반에 들어오면서 꿈에 대한 열망과 희열이 있었다. 그동안 나는 등단한 자격으로 시를 쓰고 시조를 쓰면서 활동하고 있던 때라 함께 활동하던 사람도 있어 낯설지 않아 좋았다.

창작반에는 이미 15명 정도의 학생들이 배우고 있었다. 생각나는 대로 끄적거리던 글쓰기는 어느덧 꿈으로 이어지고 있었다. 그동안 시 쓰는 법과 시조 쓰는 법에 대해서는 많은 강의를 들었다. 끄적거림에서 벗어나 창작의 기술을 제대로 알고 싶었을 때다. 문학에 심취하여 글을 쓴다는 것이 얼마나 어렵고 두려운지 생각하고 있을 때라 소설 쓰는 법에 대한 강의가 지루하지 않았고, 써본 경험이 있기에 어느 정도 이해 할 수 있었다.

글이란 자신이 가지고 있는 철학이 어떠한가에 따라 그 표현의 방식이 다르다. 누군가가 해주는 좋은 말에 기뻐하는 것보다, 얼굴이 붉혀지도록 질책의 순간을 견뎌내고 비판에 대한 귀를 열어 경청할 줄 아는 자세가 되어야 상처받지 않고 그 길에 들어설 수 있다. 나 또한 처음부터 교만하지 않으려 노력하고 살았지만 나도 모르게 튀어나오는 언어들이 교만을 부추겨 듣는 이로 하여금 비웃음을 사기도 했었던 것 같다. 입 밖으로 한번 사정없이 나온 말들은 자신도 책임질 수 없게 커져 있을 때도 있다. 너나 할 것 없이 경험해본 일이다. 끝도 없는 길에 발을 들인 이상 부족한 기술이라도 꾸준하게 열심으로 생각하고 글에 대한 갈망을 놓지 않는다면 가능할 수도 있다. 글 속에서 기쁨과 위로와 눈물의 감정들을 보이지 않는 독자와 함께 겪어 내는 과정 또한 자부심과 위안이 되지 않을까 싶었다.

"다음 달에는 늦게 들어온 학생이 글을 써올 차례입니다."

숙제가 주어졌다. 무엇을 써야 하나. 나의 이야기로 시작해보자. 살아온 것이 있으니 무엇이든 표현해 보자. 진짜 나의 이야기를 쓸 수 있다면 얼마나 다행인가. 무엇이든 평탄한 길은 아니었어도 하여온 것은 하여온 대로 정이 있었듯이 새로운 길에 정을 붙여 볼 일이다. 언제나 그곳을 향해 걸어가고 싶었던 나의 꿈이었기에, 허둥대지 않고 천천히 한 발 한 발 시작하는 용기가 필요했다.

또렷이 머리를 깨워 떠오른 장면이 있다. 너무나 놀랍고 갑작스런 기억이 내게로 왔다. 그 기억이 떠오르자마자 한숨이 쉬어질 수밖에 없었던 일. 그때 내 나이 여섯 살 여름이었지. 어린 것이 그 어마어마한 현실을 어찌 받아 안을 수 있었을까. 까맣게 잊어버렸던 그 일이 어찌 글쓰기에 한 발 내딛는 이 순간 등장하려 하는지. 죄업의 복기는 시간을 요하지 않는가 보다. 사라진 기억을 찾아가도록 도와준 운명에 감사해야 하는 것인지 의문이 들었다. 반백 년이 지난 오늘에 다시 또 기억으로 떠오르게 한 이유는 무엇일까. 가슴 여미게 하는 일을 공개석상에 펴 놓아야 하는지 반문해 보지만 결론은 하나다. 평생을 꾸었던 꿈을 위해 드러낼 것이 있다면 드러내야 한다. 망설인다면 내 삶의 진실성을 배반하는 일이다. 깊이 묻어두었던 죄업의 이야기를 언제까지 회피할 수는 없었나 보다.

그때 그 일을 다시 꺼내려 하니 벌써부터 온몸에 바늘이 돋힌 듯 찌릿하고 아파온다. 다만 모호한 위로를 받기 위한 것은 아니다. 실체를 드러냄으로써 이어지는 결과에 대해 어떠한 만족이나 칭찬과도 상관없이 한번은 꺼내놓아야 한다는 생각이 들었다. 그리고 이왕 꺼내기로 결심한 이상 한 조각의 비밀도 가슴속에 남겨두고 싶지 않았다. 내가 무엇을 하고 어떻게 살아왔었건 상관없다. 최고의 용기는 무엇에도 굴하지 않고 자신의 깊은 곳까지 드러내 보이는 것이다. 영원히 드러내고 싶지 않았던 비밀까지도 드러내야 할 때가 되면 스스럼없이 보일 수 있는 기백이 필요하다. 다 털어버리고 난 다음에 나의 일상이 달라질 일은 없기 때문이다. 망각을 깨워 지난 시간으로 되돌아가 죄가 죄인지도 몰랐던 어린 가슴에 안아야 했던 그 무게를 지금의 나를 위해 덜어 주어야 했고 그 어린 것이 죄책감과 아픔을 어떻게 지워냈는지 가슴으로 느껴보고 싶었다.

어쩌면 어린 시절에 있었던 일을 세상에 드러내기 위해 글을 쓰고 싶었는지도 모른다. 굳이 끄집어내지 않아도 될 일인데 하여야 한다는 건 무엇일까. 마냥 묻어두어도 되었을 일인데 그저 나의 진실성에 있어 그 한 가닥 찌꺼기도 남겨두지 않고 글 속에서라도 그늘을 지워내는 기회를 삼아야 했다. 그 또한 나의 양심선언일 수도 있고 나를 비우기 위한 욕심일 수도 있다.

소설 창작반의 다른 학생들이 초반에 발표한 원고들은 듣지 못했지만, 대부분 제일 먼저 머리에 떠오르는 생각과 이야기, 자신의 이야기로 글을 쓰게 하였을 것이다. 가슴에 남아 있는 것 중 무엇이 그렇게 응어리지게 하였는지 풀어 없애고 시작하여야 한다. 그 오랜 시간 속에 묻어두었던 나 자신의 한을 신 앞에 고해 성사하듯 눈물을 흘릴 시간이다.

첫울음에서부터 나의 시간은 시작된다. "몇 시 몇 분에 태어났습니다." 처음부터 분초 단위로 이루어진 시간은 각자의 것이 된다. 그리 공평한 것이 또 있을까. 시간은 함께 얼굴에 분칠을 하고 그 격에 맞는 옷을 몸에 입혀 준다. 나의 긴 시간 여행은, 불행을 망각하게 하였다가 이제 행복에 젖어 웃을 수 있어도 되는 것인가 싶을 찰나, 급브레이크를 걸어 세웠다. 까맣게 잊고 살았던 기억을 수면 위로 떠올리는 결정적 순간은 있었다. 그렇게 인생은 마냥 행복하게도 두지 않고 마냥 불행하게도 두지 않는 운명의 노리개 같다. 머리 속에서 지워버리고 살았던 기억 속 거기, 나를 그곳에 있게 하였던 그 시간을 밝혀내라 한다. 너무 많은 시간이 흘렀다. 망각의 안개가 걷히고 그 여름 나의 이야기는 시작된다.

물과의 악연은 때때로 내 목숨을 잡았다 놓았다 했다. 그날 나는 또래 아이 4~5명과 작은 도랑에서 물놀이에 신나 있었다. 나보다 네 살이 더 많은 열 살 먹은 이웃 언니가 매일 나를 데리고 어디든 다녔다. 세상엔 규칙이 있다. 무엇을 하든 목숨을 지키는 것이 가장 중요한 기본이다. 그들에게는 더욱 그러했다. 언니네 아버지는 날마다 약초 캐러 다니는 산 사람이었다. 수염은 산 사람답게 얼굴의 반을 덮었고 얼굴은 검고 무서웠다. 저녁노을이 나뭇가지에 걸려 팽팽해질 때면 산산 골골을 헤매며 캔 약초를 지고 집으로 왔다. 그녀의 아버지는 약초 주름 목을 뜨락 밑에 풀어놓고 종이에 말은 담배 연기로 긴 한숨을 풀어내는 그 시간이 유일한 기쁨인 것 같았다. 마당엔 아이들 발자국만 무수히 오고 갔을 뿐 약초 주름목을 받아 풀어줄 한 사람이 없었다. 고독을 자연에 부비고 의지하는 그녀의 아버지가 힘들다고 한들 그 말을 받아줄 상대가 없다는 건 그녀의 엄마도 거동을 못 할 질병에 시달리고 있다는 거다. 담배 한 대를 다 피우고 난 그녀의 아버지는 주름목을 풀어 흔든다. 숨죽이고 있던 약초들은 밖으로 쏟아지는 순간 신성한 산의 정기를 발산하며 마당 한 귀퉁이에 놓인다. 새파란 약초 이파리들이 걸어갈 듯이 산 기를 드러낸다. 선별된 약초들은 마당 응달진 곳에 가지런히 줄을 지어 펴진다. 바람에 날리는 약초 향이 집안을 돌아 마을 밖으로 향한다. 마을의 공기를 달리하고 돌아온 약초 향기는 다시 그의 마당에 서성이곤 하였다. 나는 그녀와 함께 어두워질 때까지 그 마당에서 매일 놀았다.

인생은 수행의 산물인가. 그녀의 등에는 항상 아기가 업혀 있었고 그녀의 엄마는 얼굴에 광대뼈만 앙상하여 매일 두 무릎을 세우고 밖을 내다보며 앉아 있었다. 시집간 언니도 있고 훤칠한 오빠도 있었다. 나의 하루는 날이 새고 아침밥을 먹고 나면 그 집으로 달려가 하루 종일 그녀의 뒤를 따라다니는 것이 전부였다. 그녀는 아카시아 꽃을 훑어 먹고, 논둑을 종횡하며 시금치 풀을 꺾어 먹으며 배를 채웠다. 도랑 풀숲을 헤쳐 쑥, 비듬을 찾아낼 때면 업고 있던 아기를 맨바닥에 내려놓고 잠시 나에게 돌보라 했다. 그럴 때 나는 가만히 아기 옆에 서 있곤 했다.

물놀이를 좋아했던 나는 그날 그녀의 집에 가지 않고 잔모래 반짝이며 떠 있는 봇물 도랑에서 신나게 놀고 있었다. 그녀가 언제 왔는지, 아기를 업고 물가에 서서 나를 바라보고 있었다. 나는 물놀이에 팔려있었지만 이내 그녀를 알아보았다. 그날도 그녀의 등에는 언제나처럼 아기가 업혀 있었다. 그녀는 놀이를 하는 아이들이 부러운 듯 바라보고 서 있더니 포대기를 풀어 아기를 빨래터 너래 반석 위에 내려놓았다. 물놀이에 한창이었지만 나는 반사적으로 그녀를 보고 있었고, 지남철에 끌려가듯 그녀가 손짓하자 물 밖으로 나왔다. 그녀는 나의 작은 무릎에 아기를 안겨놓고 잠깐 어디 다녀온다며 바람같이 사라졌다.

내 고통을 남에게 떠넘기는 것에서 폭력은 시작된다. 해는 한쪽으로 기울고 점점 물이 차가워졌지만 그녀는 오지 않았다. 나는 아기를 안고 있는 동안 발가락을 꼼지락거리며 물놀이에 신난 아이들을 부러운 듯 바라보고 있었다. 해가 기울어 아이들이 하나씩 엄마들의 부름을 받고 떠나는 것을 보며 그녀가 등을 돌려 급히 사라진 길을 주시하고 있었다. 나는 그녀를 기다렸고 엄마가 밥 먹으러 오라고 손짓을 하지 않았더라면 안고 있던 아기를 팔에서 놓지 않았을 일이다. 그런 일이 여섯 살이었던 나의 시간 속에 있었다.

잊었던 것이든 잊어버려야 했던 것이든 그 세월 동안 온전히 평탄하지 못했던 나의 삶도 그 죄업의 대가에 들어가 있었기에 자책을 하여야 했다. 여섯 살 아이가 커가기도 바빴던 그 시기에 발목을 잡아 넘어뜨린 그 일들을 까맣게 잊어버린 채 결혼을 하고 아이를 낳고 살았다. 망각이란 신의 도움으로 모르고 살았던 건 차라리 다행이 아니던가. 시를 쓴답시고 글을 쓴답시고 뻔질나게 희희낙락 문지방을 넘어 쏘다녔던 일 또한 망각의 조화 속에 있었던 건 아니었는지 생각하게 한다.

매일 등에 아기를 업고 다니던 그녀는 얼마나 자유롭게 살고 싶었을까. 잠깐이라도 등에서 아기를 내려놓고 한없이 자유로워지고 싶었을 나이 열 살이었다. 열 살밖에 안 된 아이가 또래들과 학교에서 공부하고 싶어도 가지 못하고 마음껏 놀아보고 싶은 마음을 억제하며 살아야 했다. 그날의 일은 오롯이 그녀의 잘못만은 아니었다. 그럼 겨우 여섯 살 어린 것의 잘못이라 할 수 있을까. 사건의 실체를 두고 세상은 오래도록 침묵하였다. 어떠한 해답도 단정 지을 수 없었다. 어린 생명에 대한 안타까움은 그 또한 순간을 비켜 가지 못한 운명의 한계이며, 아기의 다음 생을 빌어주는 것밖에 다른 도리를 찾기 어려웠다.

 슬프고 안타까워도 어찌할 수 없었던 그날. 해가 지고 굴뚝에 연기가 옅어 지고 있을 무렵 마을 삼거리가 시끄러웠다. 삼거리 길바닥에는 작은 은빛 모래가 깔려 있었다. 거리로 나온 사람들이 그 모래를 밟고 서서 웅성거리고 있었다. 한쪽 허리에 긴 막대기를 찬 순경 아저씨가 동네 사람들 틈에서 눈을 굴리며 그들의 말을 받아 적고 있었다. 엄마가 치마꼬리에 나를 숨기고 담 그늘 한 귀퉁이에 서 있었다. 나는 엄마 치마꼬리에 묻혀 고개만 빼꼼히 내밀고 있었다. 순경 아저씨가 허리에 찬 검은 막대기만 눈에 들어왔다. 무엇이 잘못되었는지도 모르면서 엄마 치마꼬리를 움켜쥐고 몸을 뒤로 숨겨야 했다. 마을 사람들이 무슨 이야기를 하는지 순경 아저씨는 눈을 굴리며 서 있었고 나는 그들의 수근거림 속에서 조금 전 도랑 너래 반석에서 아기를 안고 있었던 생각을 떠올렸다. 안고 있었던 아기가 힘에 버거워 그녀가 빨리 오기를 기다리던 참에 엄마가 저녁 먹으라고 부르는 소리가 너무 반가웠다. 그냥 아무 생각도 할 수 없었던 나이, 아기를 안고 있던 손을 자연스레 풀고 뒤도 돌아보지 않고 집으로 들어갔다. 그 아기가 왜 없어진 것인지도 모르고 사람들의 눈총을 받아야 했던 나는 엄마 치마폭에 얼굴을 감추어야 했다.

 도랑 가까운 곳에 제일 큰 기와집이 내가 살던 집이다. 어린 나이에 무엇이 잘못된 줄도 모르고 그 사건이 일어난 후 큰 기와집 뒤채 마루 그늘진 곳에서 혼자 놀아야 했다

 마을 서쪽 강가에 우람한 소나무들이 울타리처럼 빽빽하게 서 있었다. 소나무들이 참 잘 생겼다는 생각을 하며 그곳으로 들어갔다. 하늘을 받치는 기둥처럼 서 있는 소나무들은 송천마을의 비, 바람 막이로 마을의 풍경을 더 아름답게 하는 특별한 곳이었다. 소나무 뿌리 하나 솟아 있지 않은 고른 바닥 위로 하얀 모래들이 두껍게 깔려 반짝였다. 가을에 내렸던 솔잎과 잔솔가지가 사람들의 갈고리에 걸려 집집의 땔감으로 사라지고 없는 하얀 모래밭 위에 섰다. 쭉쭉 뻗은 붉은 소나무 기둥 사이로 빨려 들어가듯 고무신을 벗었다. 딱정벌레 기어가듯 작은 발자국을 남기며 그 속으로 혼자 걸어가는 것이 좋았다. 붉은 해가 붉은 기둥을 타고 오른다. 나는 맨발의 촉감을 발달시키는 곳에 서서 나도 모르게 붉은 소나무에 붙은 해를 타고 끝없이 오른다. 딱정벌레 같은 발자국을 내려다보면서.

 소나무 숲과 기와집을 떠나 중학교가 있는 큰길 옆 구멍가게 집으로 이사를 오게 됐다. 하나이던 동생이 둘이 되었다. 막내는 송아지 등을 기어오르듯 내 등에 기어올랐다. 엄마가 집에 있는 날이면 친구들과 함께하는 시간이 최고의 기쁨이었다.

 특활시간에 선생님이 불러준 숫자로 주판알을 굴려가며 자신감 있

게 손을 번쩍 들었던 때도 있었다. 처음으로 정답이라는 소리를 들었을 때 용기에 대해 생각했다. 손뼉을 쳐 주는 아이들과 함께 기뻐했다. 친근하여도 교만하지 않고 마음을 나누어도 집착하지 않는 아이들은 큰 물가를 옆에 두고 여름방학이 오면 짙은 안개 속 새벽길에 모여 배움터 마당으로 다 함께 청소를 하러 갔다. 각설탕에 굴린 사탕 알처럼 감질나게 좋은 친구들을 만나는 그 시간이 신나고 행복했다. 빗자루 하나씩 들고 배움터 마당으로 가기 위해 줄을 섰다. 마을을 지나 다리를 건너 장터를 돌아 걸어다녔다. 나는 그들과 함께 하지 못하는 날이 많았기에 방학으로 친구들을 마음껏 볼 수 있는 시간이 좋았다.

집 앞 신작로 길은 봉산리, 용산, 낙천, 분교를 졸업한 친구들이 바람처럼 뛰어 지나가는 곳이었다. 그들을 따라가지 못하는 나는 등에 붙은 동생의 엉덩이를 살짝 꼬집는다. "너 때문이잖아"라고.

뽀얀 먼지를 뿜으며 달리는 트럭 뒤를 따라 뛰어가는 아이들을 바라본다. 아이들이 먼지를 다 받아먹고 맨발에 고무신을 신고 뒤에서 문둥병 환자가 따라오는 것도 아닌데 차 꽁무니를 따라 전력질주를 한다. 그런 아이들의 뒷모습을 한없이 바라보며 서 있어야 했다. 친구들과 함께 하지 못하는 날이 많았지만 억울해도 참아야 했고, 나름대로 아이들이 참을성을 학습하는 장소에도 나름의 즐거움은 생겨나곤 했다.

논두렁 한 곳에 천막을 치고 한 가족이 이사 왔다. 이불 보자기를 논둑에 걸어 지붕을 만들었다. 내 또래 사내아이가 여동생을 업고 우리 집 마당 앞으로 지나가곤 했다. 그 아이를 쳐다본다. 옷은 더러워도 얼굴은 귀공자처럼 깨끗했다. 그 아이와 나는 산이며 강이며 논둑을 걸어 다녔다. 어린아이 때부터 다른 아이들과 학습과정이 달라진 그 소년과 나는 뒷산 잔솔밭 사이사이 진달래 꽃술을 찾아 따먹으며 말없이 웃는 것으로 하루를 즐겼다. 나는 그 소년보다 훨씬 키가 컸는데도 여름 강가에 찔레꽃 덤불을 찾아다니며 마냥 즐거워했다. 소년의 부모는 이슬을 맞으며 살아야 했던 운명의 시간을 견뎌냈고 소년의 등에서 아기를 떼어 내지 못했다. 소년은 나와 함께 견뎌내며 논둑을 놀이터 삼아 시금치 풀을 뜯어 먹으며 웃음을 잃어버리지 않으려 찡그리면서도 웃었다.

우리 집은 중, 고등학교로 가는 길목에 있었다. 길 왼쪽에 초가집 세 채가 있었는데 중간 초가집이 구멍가게를 하는 우리 집이다. 어느 날, 딸 하나 데리고 혼자 사는 땡벌 아주머니 집 거름 더미에서 불이 나면서 우리 집도 몽땅 타버렸다. 가을에 집을 잃은 부모님은 불을 낸 집을 상대로 싸웠지만 아무 소용이 없었다. 엄마가 파출소를 드나들었다. 나무를 베어다가 집을 지어도 좋다는 허가를 받아냈다.

초가집 세 채 중에 두 채가 타 없어지고 남은 한 집은 동리 사람들이 오줌통을 들이부어 살려놓았다. 집을 지을 동안 불을 피한 옆집 방 한 칸을 얻어 살기로 하였다. 딸 하나를 데리고 살던 땡벌 아주머니는 화재 이후로 보지 못했다.

그 가을 아버지는 열심히 나무를 베어 기둥을 만들고 서까래를 깎고 부엌 상량을 세우고 겨울이 오기 전에 집을 만드느라 바빴다. 먹을 것까지 다 타버렸기에 오빠와 나는 친척들 집을 찾아다녔고 쌀 두 가마니를 얻어왔다. 당시 집들이 모두 볏짚을 엮어 지붕을 하였기에 초가에 불이 자주 났다. 친척들 간에도 서로 품갚음이라 쌀 한 말씩 도와주는 인심이 있었다.

 깊은 겨울이 되기 전에 생나무로 지은 집에 상량식을 하고 벽을 바르고 집을 완성하였다. 급히 지어진 집은 벽이 얼어 흙이 마르지 않았다. 어딘가에서 드럼통을 구해 불을 지폈다. 젖은 벽이 마르도록 밤낮없이 불을 피웠다. 동래 사람 모이는 장소가 된 생나무 집 안방에는 어른과 아이들이 드럼통 옆으로 모여 긴긴밤 이야기꽃을 피웠다.

 구정이 지나고 꽃샘바람이 불었다. 나는 저녁 시간이 남아 있는 틈을 타 내 또래 친구인 이화네 집에 가 있었다. 이화는 나보다 더 큰 아이였다. 어쩌다 홀가분한 자유의 몸이 되면 잠깐의 시간이라도 이화와 노는 게 좋았다. 시간은 후딱 지나갔다. 저녁밥을 지어야 했기에 놀이의 아쉬움을 놓고 집으로 와야 했다.

 신작로 길을 걸어 집으로 오는 데 멀리 하얀 기둥으로 보이던 우리 집이 보이지 않았다. 새로 이은 볏짚 지붕이 저녁노을에 반짝반짝 빛났는데 집이 보이지 않았다. 무엇에 홀린 걸까? 짧은 다리는 느렸고 가도 가도 집은 멀었다. 발이 굼벵이 걸음이다. 어쩌나! 집 앞까지 달려와 보니 없어진 것이 아니었다. 봉산 벌 바람에 집이 넘어가 완전히 땅을 깔고 누웠다. 나는 그 자리에 주저앉았다. 순간 아버지의 얼굴이 떠올랐다. 아버지 홀로 애쓰던 모습을 모두가 지켜보았다. 겨울

집을 지어 나무가 급히 마르면서 틈이 생기고 부엌 쪽 상량 기둥이 떨어지면서 집 전체가 한쪽으로 쓰러졌다. 그 시간에 친구 집에 가지 않았다면 나는 부엌에서 죽었을지도 모를 일이었다.

 기와집을 팔고 방 두 칸의 좁디 좁은 초가집으로 이사 온 이유를 나는 알지 못했다. 물살에 휩쓸려 간 그 아기의 일이 있은 후에 이사를 왔다. 급격히 가난해진 우리 집은 부모님의 다툼이 잦았고 아이들을 먹여 살려야 한다는 엄마는 동생의 첫돌이 지나자 아버지를 밀치고 장사 길에 나섰다. 어린 나는 살림하는 것을 배워야 했다. 당일치기로 장사를 시작했던 엄마는 동생을 잘 챙기는가 싶었는지 하룻밤, 이틀 밤을 넘기고 돌아오는 것이 예삿일이 되었다.

 작은 키의 엄마는 몇십 리 길을 걸어 포목 보부상을 하러 다녔다. 그래서인지 오일장마다 장돌뱅이들이 우리 집 마당에 모였다. 그 사람들 배에는 두둑한 돈주머니가 달려있었다. 우리 집 마당은 시골 사람들의 물건을 받아주는 종점 시장과도 같았다. 새벽부터 산을 넘고 돌다리를 건너온 사람들이다. 머리와 등에 이고 지고 가지고 온 곡식들은 장돌뱅이들이 맨발로 달려가 앞다투어 짐을 덜어주는 것으로 흥정이 시작된다. 이삼십 리 길을 걸어온 그들이 오일장을 주도하는 사람들이고, 그들이 5일에 한 번 시장을 북적이게 한다.

 두 시 방향으로 해가 기울면 장돌뱅이들은 두둑했던 돈 대신 갖가지 곡식을 모아 돈보다 더 거대하게 부풀려진 곡식 자루를 차에 싣고 우리 집 마당을 떠났다. 북적이던 마당이 조용해지고 집으로 돌아가는 사람들이 집 앞 신작로에 줄을 잇는다. 그런다고 우리 집 구멍가게 물건을 사가는 사람은 없었다. 마당을 빌려 쓴 사람들이 곡식 한 톨 주는 것도 못 보았다. 그래도 곡식을 이고 지고 한참을 더 걸어가야 할 거리를 중간에서 목을 가볍게 해주는 것은 누가 보아도 고마운 일이다.

 장돌뱅이들이 떠난 뒤 엄마는 동생을 챙겨 저녁 준비를 한다. 나는 그 시간 이후 하늘에 별이 총총 채워질 때까지 나비처럼 가벼워진 몸으로 학교 운동장을 뛰어 다녔다.

 우연을 가장한 필연은 놀라움이다. 어느 날 낮잠을 자다 영문도 모르고 엄마에게 몽둥이찜을 당했다. 가게를 보지 않고 낮잠을 잤기 때문이다. 원래는 총알이 담겨있었던 국방색 돈 통이 열려 있었고 돈이 없어졌다. 엄마의 거친 행동과 매질을 견딜 수 없어 맨발로 정신없이 달렸다. 아랫마을 송천까지 단숨에 달렸다. 마을 끝 어느 지점에서 숨을 돌리듯 섰다. 맨발로 뛰다 멈춘 신작로 가장자리에는 아카시아 나무들이 숲을 이루고 있다. 길 가던 사람들이 그늘이 좋아 쉬어가기 좋은 곳이다. 나는 하얀 모래가 두껍게 깔려 있는 곳에 서 있었다. 발바닥에 전해지는 부드러운 감촉이 서러움을 잊게 했다. 비에 씻겨 반짝거리는 작은 알갱이들이 발바닥을 간질인다. 두 발로 비볐다가 두 손으로 모아본다. 손바닥에 모아 손가락 사이로 내렸다. 반짝이는 모래 알갱이가 손가락 사이를 빠져나와 발등을 간지럽혔다. 마을 아래까지 맨발로 쫓겨난 부끄러움과 자존심은 이미 잊은 채 모래 놀이에 정신이 팔려있었다. 모래의 간지러운 감촉은 설움도 분함도 사라지게 했다. 촉감에 정신을 팔고 있던 나는 순간 그녀를 생각했다. 그녀와 다시 만나던 날에도 발바닥의 감촉 때문에 잠시 두려움을 잊었던 그 날을 떠올렸다.

 구름 한 점 없는 맑은 날이었다. 오랜만에 그녀는 나를 찾아왔고, 그녀의 말 한마디에 나는 군소리 없이 뒤를 따라가고 있었다. 어린 몸으로 갈 수 없는 곳을 그녀는 앞장서 걷고 있었다. 그녀가 나를 다시 찾아와주고 불러준 것만으로도 나는 고마워 지남철에 끌리듯 따라가야만 했다. 그녀를 보는 순간 도랑 너래 반석에서 안고 있었던 아기가 떠올랐다. 그때 안고 있었던 아기는 그녀 언니의 아기였다고 사람들이 말했다. 애통함의 죄를 물을 수 없는 것이 더 애통했을 아기의 부모는 가슴을 치고 울었을 일이었고 송촌마을에 모인 사람들도 그러했을 일이다. 그런 슬픔의 순간이 얼마나 지났다고 그녀는 등에 동생인지 조카인지 또 아기를 업고 있었다. 나는 그녀의 뒤를 따라가는 것에 순종하며 언덕을 넘어 성근 옥수수밭을 걸어 그녀와 함께 서 있었다. 그곳은 아래로 내려다보이는 높은 둑 경계선이 있었고 밑으로 깊은 물이 흐르고 있었다. 그녀의 행동에 나의 가슴은 벌렁거렸고 그녀가 이곳을 왜 내려다보고 있는지 불안감이 엄습해오고 있었다.

 밭둑 저 아래 냇물 흐르는 곳에 엄마들이 모여 빨래하는 모습이 보였다. 바로 아래로는 산을 뚫어 만든 긴 터널이 있고 그 검은 굴속 안으로 농수가 흘러 들어가는 곳이 검게 보였다. 그곳은 물 깊은 곳이라 사람은 얼씬도 하지 않는다. 그리고 높은 둑을 내려가 물을 건너가야 할 일도 없었다. 그녀는 이런 곳을 어찌 알고 찾아 왔는지 궁금했다. 그곳을 내려다 보고 서 있는 그녀는 물길 낮은 곳을 탐색하는 것 같았다. 저 멀리 보이는 빨래터엔 삶아서 널어놓은 빨래가 하얀 돌 위에서 바람과 햇볕을 받아 펄럭이고 있었다. 마산봉 산 아래 산을 뚫어 만들어진 터널, 그 속으로 흘러 들어가는 물은 우리 집 앞을 지나가는 봇 도랑물이기도 했다. 그 물은 농촌 마을 전체에 가뭄 해갈로 쓰이는 물이었다. 어두운 굴속으로 들어가는 물은 구렁이가 지나가듯 술렁술렁 산그늘에 가려 더 음침하고 깊어 보였다.

그녀는 나를 데리고 인적이 드문 이곳으로 왜 왔을까? 그녀는 아기를 업고 걷는 동안 뒤를 한 번도 뒤돌아보지 않았다. 무서워서 돌아가고 싶다는 생각이 들었지만 돌아설 용기도 없었고 집으로 가는 길도 무서웠다. 그녀의 손짓 한 번으로 쉽게 따라나섰던 건 마산봉 놀이터에 가는 줄 알았기 때문이다. 이 먼 곳까지 오리라고는 생각하지 못했다. 그녀는 무엇에 홀린 아이처럼 뒤도 돌아보지 않고 앞만 보고 걸었다. 나는 따라가면서 몇 번을 오던 길을 돌아보았다.

빨간 수염을 달고 서 있는 옥수수밭 성근 이랑 사이로 그녀의 뒷모습만 보고 따라 걸었다. 그녀는 한참을 탐색한 끝에 조심스레 무너지는 흙을 밟으며 내려가고 있었다. 나는 그 높이에 오금이 저렸다. 그녀가 흙을 무너뜨리며 내려가는 뒷모습을 한참 바라보다 어쩔 수 없다는 걸 알고 그녀의 발자국을 따라 엉덩방아를 찧으며 나 역시 둑을 타고 내려가고 있었다. 흙이 무너지고 미끄럼타듯 구르고 다친다 해도 누구도 도와주지 않을 거라는 것을 알게 되었다. 아기를 업고도 잘 내려가는 그녀가 무서워졌다.

엉덩이를 찧으며 미끄럼 타듯 둑 밑으로 내려가 어딘가에 발이 닿았다. 굴속으로 봇물이 내려가는 곳이었다. 그녀가 신발을 벗어들고 서 있었다. 나도 신발을 벗어들었다. 물에 쓸려가던 먼지 같은 흙이 가장자리에 모여 찰흙이 되어 쌓여있었다. 그곳에 닿은 내 발의 감촉이 좋아 잠시 두려움을 잊을 수 있었다.

 발바닥을 간질이는 부드러움으로 안정을 찾을 수 있었다. 송천마을 서쪽 강가 그 솔밭 속의 모래 감촉이 생각났었기 때문이다. 그냥 그곳에서 놀고 싶다는 생각을 하였다. 나는 그녀에게 물이 깊어 못 건넌다는 말을 하고 싶었지만, 목소리가 나오지 않았다. 무섭다고 울지도 못했다. 그 자리에 서서 술렁술렁 흘러가는 물을 가만히 들여다보았다. 흐르는 물 저 건너편에 방망이 두드리며 빨래하는 사람들이 보이지 않는다. 혹시라도 사람들이 내 모습을 보고 손사래를 치며 뛰어와 주기를 바랬지만 물 흐르는 곳이 높아 내가 서있는 곳은 그들에게 보이지 않았다. 그녀가 먼저 얕은 곳을 찾아 건너기 시작했다. 못 건너간다고 속으로는 울고 있었지만 죽든지 살든지 그 아이 뒤를 따라 건너지 않고 다른 방법이 없다는 걸 어린 마음에도 인식하고 있었다. 그 아이가 얕은 곳을 찾아 건너는 뒤를 지남철에 끌려가듯 따라갔다. 첫발을 물속에 넣었다. 그녀는 아기를 업고도 흐트러짐 없이 똑바로 걸어 건너가고 있었다. 불안한 마음을 누르며 한 발 두 발 뒤를 따라 건너기 시작했다. 뒤만 따라가자는 생각이었지만, 어느 순간부터 나는 물 깊은 곳으로 떠내려가고 있었다. 정신을 차리려 해도 이미 발이 땅에 닿지를 않았다.

 굴속에 용이 살고, 괴물이 살고, 귀신도 있다는 말들이 무섭게 엄습해왔다. 오직 그녀의 뒤를 따라 건너야 살 수 있다는 생각은 회오리바람처럼 사라지고 있었다. 그녀는 한 번도 뒤를 돌아보지 않고 건너가고 있었다. 그녀를 향해 소리라도 쳐보려는데 몸이 중심을 잡을 수 없었고 점점 깊은 곳으로 떠내려가고 있었다. 물이 점점 깊어진다는 것은 굴속으로 들어가 죽어야 한다는 결론이었다. 그 순간 나는 살아야 한다는 생명력이 발동하였다. 그 상황에서 어떠한 행동을 하여서라도 땅에 닿아야 했다. 그 죽음의 순간에 어떤 몸짓의 기술을 필사적으로 발휘하였는지 모르겠지만 신기하게도 어느 순간 발이 땅에 닿았다. 나는 물을 차고 올랐다가, 다시 가라앉았다. 물이 목을 지나 입술을 지나 눈을 가렸다. 일곱 살 어린아이가 물속에 묻혔다가 보였다가 한다. 나는 살기 위해 물속에서 높이뛰기를 하고 있었다. 물 위를 차고 올라올 때는 숨을 쉬었다. 작은 꽃잎 하나가 물 위로 떠올랐다가 가라앉았다 반복하면서 떠내려가는 모습을 보는 사람이 없었다. 그렇게 얼마를 떠내려갔을까? 몸이 굴속으로 빨려 들어가는 바로 그 순간 시꺼먼 입을 벌리고 생명을 삼키려 했던 어둠은 놀랍게도 어린 생명을 놓아 살려 주었다.

나는 죽어야 할 운명은 아니었나 보다. 물속에서 숨이 멎으면 죽는다 싶은 순간에 뛰어올랐고 생전 익히지도 않았던 기술을 발휘하여 스스로 물 밖으로 나왔다. 꽃잎처럼 작고 여린 몸이 시커먼 동굴 속으로 들어가지 않고 물가 쪽으로 걸어 나오고 있었으니, 기적이 아니고 무엇이었을까. 물속에서 사력을 다한 높이 뛰기를 하지 않았다면 나는 이 세상 사람이 될 수 없었다. 동굴 바로 앞 깊은 곳을 피해 낮은 곳으로 나오게 된 것은 신의 도움이 없었다면 불가능했을 일이다. 그 다음은 기억에 없다. 어떻게 집에 왔는지 물에서 나와 신발은 신었는지 무엇보다 그녀가 물가 어디에 있었는지 사라졌는지 아무리 기억하려 해도 모든 게 지워졌다.

빨래터 사람들이 보였다.

"세상에! 굴속에서 여자아이가 나왔어요!"

빨래터 여인들이 하던 일을 멈추고 일제히 일어섰다. 물속에서 기어 나오는 작은아이를 보았던 사람은 빨래 두드리던 손을 멈추고 물 건너편을 무심히 보았다. 그들은 귀신이 곡할 노릇이라며 물속에서 어린아이가 나왔다며 물을 건너와 정신없이 달려왔다. 다급하게 아이를 업고 물을 건너온 여인들은 아이가 죽지 않았다는 것을 확인하고는 안심했다. 한참을 품에 안고 손발을 주물러 주고 몸을 따뜻하게 해주었더니 아이가 초점 잃은 눈을 떴다. 빨래터 여인들은 살아난 아이를 보며 아무리 생각해도 이해할 수 없었다. 어떻게 아무도 가지 않는 그런 곳에 아이가 있었던 건지, 그리고 그 깊은 동굴에서 어찌 살아 나온 건지 놀라고 놀라워하였다. 정신을 아이에게 집이 어딘지, 이름이 뭔지 물었지만, 대답은 없었다.

열한 살 먹은 그녀는 고개를 넘어 인적 없는 옥수수 밭을 지나 그 무서운 곳에 아무도 몰래 나를 데려갔을까. 그 어린 마음에도 가족의 복수를 하겠다는 생각이 있었던 걸까. 아기를 업고 물을 다 건넌 그녀는 내가 떠내려가는 걸 보았을까. 그 모습을 보고 발을 동동 굴리며 소리라도 질러주었을까. 내가 죽었다고 생각하고 도망가기 바빴을까. 물 밖으로 걸어 나오는 나를 그녀는 못 보았을 지도 모른다. 물속에서 죽어야 했을 내가 살아나오는 것을 보고 겁이나 도망쳤을 지도 모른다. 그녀는 이미 어른스러웠으니까.

어린것이 얼마나 무섭고 무서웠으면 아예 입을 닫았을까. 그날의 충격으로 몇 날 밤을 헛소리와 심열로 엄마의 애간장을 태웠다. 그 후유증으로 기억의 문은 굳게 닫히고 말았다.

큰 인물이 아닐지라도 큰바람을 맞는다는 걸 살면서 알게 되었다. 나는 어떻게 물 등을 타고 걸을 생각을 하였는지, 타인이 만들어 씌운 죄의 사슬에서 그 초인적인 힘을 발휘해 스스로 목숨을 구했던 건지. 지워 버렸어도 이상하지 않을 그 날의 악몽을 가족들에게 이야기할 줄도 몰랐고, 훗날 어른이 되어 엄마에게서 그 일에 대한 설명도 듣지 못했다. 물살이 고운 모래를 실어나르며 단단한 찰흙을 겹겹이 쌓아가듯 점차 그런 일이 있었는지조차 잊어버렸으니까.

그러나 잊었다 해도 악연의 그림자는 나의 삶에 언제나 드리워져 있었다는 걸 알게 되었다. 그 이후 그녀는 아무 일 없었다는 듯이 우리 집 도랑 건너에 이사 와 남의 집에 살았고 가난을 벗어나지 못했다. 봄바람이 불면 버스를 타고 사라졌다가 다시 돌아오는 바람난 봄처녀로 기구하게 살아갔다. 모습과 얼굴이 달라져 돌아온 그녀는 나를 찾았지만 나는 알아보지 못했다. 심지어 망각을 씌워준 신의 도움으로 만나면 웃었고 어딘가로 사라지면 다시 잊어버렸다. 그날의 기억을 다시 건져 올린 후에는, 그때의 일들을 확인해줄 사람들이 더 이상 내 곁에 없었다. 어린아이의 하룻밤 악몽이었다기엔, 그날 아기에게 일어났던 비극적 사건과 그 후 우리 가족에게 일어났던 연쇄적인 불행들은 생생하게 칼날처럼 살아났다. 그러나 불현듯 떠오른 그녀의 뒷모습. 나를 물가로 데리고 가 비극을 반복하려 했던, 죽음을 되갚아주려 했던 그녀는 내가 알던 그녀가 맞았을까. 그녀의 얼굴은 끝내 떠오르지 않았다.

눈길

초판 1쇄 펴냄 2024년 11월 30일

지은이	권오선
펴낸이	조성규
디자인	파오
제작처	(주)와우

펴낸곳	(주)와우
출판등록	2020년 3월 11일 제 420-2020-000004호
주소	강원도 강릉시 명주로 2, 1층
전화	080-8624-8834
전자우편	waw2019@naver.com

ⓒ 권오선 2024

* 이 책 내용의 전부 또는 일부를 재사용하려면 반드시 저작권자와 (주)와우 양측의 동의를 받아야 합니다.

* 이 책은 강릉문화재단의 후원으로 발간되었습니다.